Enquête sur les

Loups garous

Une marque de La Martinière Groupe
www.lamartinieregroupe.com
ISBN 978-2-35425-232-8

FABRICE COLIN JÉRÔME NOIREZ

Enquête sur les Loups garous

LES CARNETS DE L'ÉTRANGE

Fetjaine

… PRÉFACE …

Depuis que nous travaillons sur les archives de l'Institut de surveillance des phénomènes métanaturels, à l'invitation de la fille de son fondateur, il nous faut composer avec deux difficultés majeures. En premier lieu, le caractère brut, parcellaire et inorganisé des documents que nous sommes contraints de consulter dans la pénombre avec, pour seul outil informatique, nos propres ordinateurs portables. Nous avons parfois l'impression d'être deux médecins légistes ramassant des lambeaux de corps sur la scène d'un massacre de grande ampleur. Si les « pièces à conviction » récoltées par les chercheurs de l'ISPM sont dûment référencées, aucun véritable travail de classement raisonné n'a encore été mis en œuvre. Quant à leur informatisation… Cela restera pour longtemps de l'ordre du rêve.

Urania Metbach, notre commanditaire, justifie ce désordre en ces termes : « Les archives sont à l'image de l'esprit de mon père, confuses, accumulées dans la fièvre du désir de connaissance. Le métanaturel est le subconscient du réel, un labyrinthe sans solution. »

Ce labyrinthe, nous l'arpentons avec le fil d'Ariane de notre seule intuition.

L'autre difficulté que nous rencontrons est d'ordre relationnel. À l'exception d'Urania, qui nous a accordé dès le début sa confiance, les membres de l'ISPM actuellement en place se sont montrés à notre égard au mieux d'une froideur d'iceberg, au pire d'une franche hostilité. Notre enquête sur les anges, sujet controversé au sein de l'Institut, n'a fait qu'envenimer ce dissentiment général. Nous nous demandons parfois si Urania ne nous utilise pas pour remuer des collaborateurs devenus trop routiniers à ses yeux. Les seuls qui ont consenti à éclairer notre lanterne l'ont fait sous le couvert de l'anonymat – ou parce qu'ils n'entretenaient plus avec l'institution zurichoise que des liens distants.

Pour ce troisième opus des *Carnets de l'étrange*, nous nous égarons à nouveau dans le labyrinthe physique et mental des archives de l'ISPM, sur les traces (au sens le plus cynégétique du terme) d'une espèce méta-naturelle dont le nom populaire est connu de tous : le loup-garou. Inutile de vous dire que les documents à notre disposition sont aussi abondants qu'ils l'avaient été pour les vampires.

L'ISPM compta dans ses rangs au moins une spécialiste de cette créature. En règle générale, le terme « spécialiste », appliqué à l'Institut, équivaut à « monomane exalté ». Kerstin Waetzel est, de cette tendance, un exemple symptomatique. Pendant des années, cette femme d'origine autrichienne, dont l'un des ancêtres fut, paraît-il, le veneur de l'empereur François-Joseph, traqua le loup-garou. Une traque scientifique, fidèle à la méthode de Wolfgang Füssli (« le savoir est la meilleure des armes, l'ignorance la pire des faiblesses »). Elle voyagea à travers le monde, explora les grandes forêts d'Europe, de Russie, d'Amérique du Nord, les territoires immenses d'Afrique de l'Ouest, les jungles d'Amérique du Sud... Elle ne se contenta pas de poursuivre la figure du loup-garou dans le monde physique, elle le chercha aussi dans le monde spirituel. Elle reçut l'initiation des chamans sibériens et des hommes-médecines navajo. Sa battue dura dix ans.

En 1995, l'ISPM reçut un dernier courrier de Kerstin Waetzel, posté depuis Lakoutsk, une ville de Sibérie centrale. Nous en citons un extrait : « Dix ans à contempler, impuissante, les ravages du fléau lycanthrope. Trop de tragédies, trop de sang versé. Ma tâche pour l'ISPM s'arrête ici. Je troque dorénavant la lampe de la révélation pour le fusil de l'extermination. L'atavisme familial, je suppose. Je ferai honneur à mes ancêtres. J'entre dans la Grande Chasse. »

Kerstin Waetzel n'a, depuis lors, donné aucune nouvelle. Personne ne sait ce qu'elle est devenue. Nous avons, cependant, notre idée sur la question. Si le loup-garou est une créature dangereuse, impitoyable, car n'ayant en guise de raison que l'instinct bestial du prédateur, ses adversaires ne le sont pas moins.

Quand vous aurez consulté ce carnet, vos promenades en forêt perdront sans doute de leur saveur bucolique. Et lorsque bruissera près de vous un taillis traversé furtivement par un animal, vous ressentirez plus d'appréhension que de curiosité naturaliste.

La peur est aussi le prix de la connaissance.

FABRICE COLIN ET JÉRÔME NOIREZ

I – Le loup-garou : LES FRONTIÈRES FLOUES DU MYTHE

1 - DÉFINITIONS

Étymologiquement parlant, le terme « lycanthropie » désigne le pouvoir, pour un humain, de se transformer de façon complète ou partielle en loup, ou d'acquérir certaines des caractéristiques de l'animal en question. Il est issu du grec *lykánthropos* (λυκάνθρωπος), obtenu par la combinaison de λύκος, *lýkos* (« loup ») et de άνθρωπος, *ánthrõpos* (« humain »).

On utilise souvent à tort le mot lycanthropie pour désigner la transformation d'un humain en animal. Or, le terme précis pour cette mutation générale, sans distinction d'espèce animale, est « thérianthropie » (ou zooanthropie, qui lui est équivalent). La transformation de l'humain en loup étant de loin la plus courante, les substantifs ont longtemps été abusivement confondus.

L'ISPM, qui s'attache à étudier la thérianthropie sous tous ses aspects, possède naturellement une masse d'informations beaucoup plus importante sur les cas particuliers de la lycanthropie. En ce qui concerne le présent ouvrage, ce terme a donc a été retenu, et son appellation populaire (loup-garou) parfois utilisée pour des raisons d'accessibilité. Comme l'explique le docteur Heinrich Warner, l'un des défunts spécialistes historiques du phénomène au sein de l'ISPM (et mentor supposé de Kerstin Waetzel), dans une note préliminaire à un rapport du dossier LyKans / 1976, « la question posée est avant tout une question de fréquence. Les lycanthropes étant les seuls thérianthropes présents sur les cinq continents, leur existence a largement été popularisée, sur un plan culturel, au cours des dernières décennies, et le terme s'est substitué aux autres ».

La question de la nature exacte de la lycanthropie, à l'instar de celle du vampirisme, peut évidemment être débattue sous le prisme de la pathologie, qu'elle soit physique ou mentale. Son existence réelle a longtemps été – et est toujours, y compris au sein de certains cercles d'études paranormales médiocrement informés – remise en question. Dans les milieux psychiatriques, le terme de lycanthropie fait référence à un faisceau d'affections mentales dans lesquelles le patient, *croyant* qu'il est transformé (ou qu'il peut se transformer) en animal, se comporte en conséquence. Nous reviendrons sur ces cas et les désignerons, à l'instar de l'ISPM, par le terme de lycanthropie clinique (partie I, chapitre 10, page 44). Pour les spécialistes de l'Institut, et pour nous désormais, il existe bien de faux loups-garous, et des vrais.

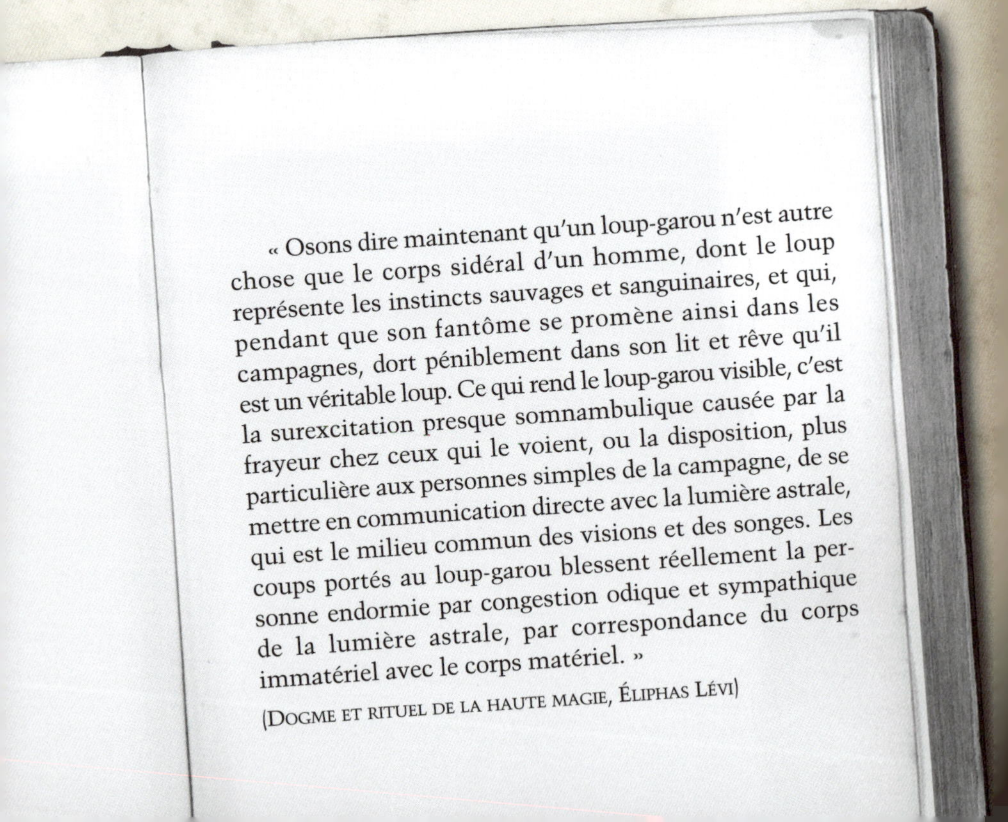

« Osons dire maintenant qu'un loup-garou n'est autre chose que le corps sidéral d'un homme, dont le loup représente les instincts sauvages et sanguinaires, et qui, pendant que son fantôme se promène ainsi dans les campagnes, dort péniblement dans son lit et rêve qu'il est un véritable loup. Ce qui rend le loup-garou visible, c'est la surexcitation presque somnambulique causée par la frayeur chez ceux qui le voient, ou la disposition, plus particulière aux personnes simples de la campagne, de se mettre en communication directe avec la lumière astrale, qui est le milieu commun des visions et des songes. Les coups portés au loup-garou blessent réellement la personne endormie par congestion odique et sympathique de la lumière astrale, par correspondance du corps immatériel avec le corps matériel. »

(Dogme et rituel de la haute magie, Éliphas Lévi)

2 – LÉGENDES ET VÉRITÉS

Les informations sur les lycanthropes recueillies par l'ISPM depuis sa création suffiraient à remplir une bibliothèque entière.

Une théorie unifiée en a été tirée, qui forme consensus au sein de l'Institut, et que nous vous présentons au cours de cette première partie. Elle se nourrit, d'une part, d'observations de terrain effectuées par certains des membres de la vénérable institution et, d'autre part, d'innombrables légendes collectées à travers le monde et les siècles par une foule d'historiens, d'anthropologues, de médecins, d'explorateurs, de spécialistes en cryptozoologie, etc. L'ISPM, dans ces derniers cas, ne s'est cependant pas contenté de collecter renseignements et données : il a porté sur les informations présentées un regard analytique et critique, dont les pages suivantes, par l'entremise de ses spécialistes, se feront collectivement l'écho.

La croyance à la possibilité de se changer en loup, ou en un autre animal, remonte à l'Antiquité et perdure aujourd'hui, plus vivace que jamais.

Des milliers de cas de lycanthropie sont notamment cités dans plusieurs chroniques et rapports anciens. Des auteurs, certains renommés, d'autres oubliés par l'Histoire, ont publié des traités à ce sujet. Il en est qui ont fait date et restent considérés par les spécialistes comme des ouvrages de référence, quelles que soient la pertinence de leurs théories et leur acuité scientifique. On citera, entre autres, le fameux *Folie louvière et lycaonie*, publié par Nynauld en 1615, et l'ouvrage du sieur de Beauvoys de Chauvincourt, édité en 1599 (et récemment réédité), intitulé *De la transmutation des hommes en loups*.

Les *Fragments rouges* de Siluur Fast, datés de 1708, Le *Discours de la lycanthropie* de Claude Prieur de Laval et le *Du Lycaon et de la Rage*, de Louis-Alphonse Chevelière (1790), figurent également au rang des ouvrages de référence.

La plupart de ces ouvrages traitent avec force détails des énigmes et des particularités du phénomène lycanthropique. Les hypothèses avancées sont multiples et mettent en exergue un problème central, qui demeure aujourd'hui d'actualité : qui sont les vrais loups-garous, et qui sont les faux ? Par un patient travail d'analyse, les chercheurs de l'ISPM ont passé au crible un nombre colossal de témoignages et récits plus ou moins directs pour séparer le bon grain de l'ivraie. Ainsi a-t-on pu évoquer, en matière de lycanthropie, et outre les explications médicales précitées, des cas d'ensorcellement, d'hypnose voire de simples confrontations à des races humaines (ce fut le cas des Huns) ou animales inconnues de l'observateur.

Les recensions agrémentant les pages suivantes, visées et analysées par l'ISPM, sont considérées comme les plus sérieuses. Toutes ne présentent pas des cas de lycanthropie authentifiés, mais tous ces exemples posent sérieusement question et plaident, à tout le moins, en faveur d'une prise de conscience du phénomène.

3 - L'ANTIQUITÉ

Il est évidemment malaisé de dater avec précision les premiers cas connus de lycanthropie.

On en retrouve la trace dans certains textes anciens remontant au Ve siècle avant J.-C. L'Église elle-même, jusqu'au XVIIe siècle, tenait pour possible la transformation de l'homme en loup, s'appuyant autant sur ses érudits que sur les croyances populaires de l'époque.

La première mention connue des lycanthropes est, sans surprise, le fait des Grecs de l'Antiquité. Dans plusieurs textes mythologiques, la lycanthropie est liée à l'idée d'anthropophagie. Sous la plume d'Hérodote (484 - 420 av. J.-C.), nous découvrons les Neuri, tribu habitant le Nord-Est de la Scythie, le long des rives nord de la mer Noire. Les Neuri, explique l'historien, étaient capables de se métamorphoser en loups par magie – et non par malédiction – quelques jours par an, avant de reprendre leur apparence humaine. Les rites qu'ils pratiquaient étaient destinés à la terre : ils symbolisaient notamment la régénération et la renaissance.

« Les Neuri observent les mêmes usages que les Scythes [...] Il paraît que ces peuples sont des enchanteurs. En effet, s'il faut en croire les Scythes et les Grecs établis en Scythie, chaque Neure se change une fois par an en loup pour quelques jours, et reprend ensuite sa première forme. Les Scythes ont beau dire, ils ne me feront pas croire de pareils contes ; ce n'est pas qu'ils ne les soutiennent, et même avec serment. »

Hérodote, *Histoires* (*Livre IV chapitre CV*)

Dans son *Histoire ecclésiastique* écrite entre 425 et 433, l'historien Philostorgius n'hésite pas à identifier les Neuri aux Huns, dont d'autres érudits, parmi lesquels saint Thomas d'Aquin, soulignent la possible nature animale, voire surnaturelle ou démoniaque.

Des suspicions de présence lycanthropique plus vivaces encore sont liées à la région montagneuse d'Arcadie, située en Grèce au centre du Péloponnèse, et baignée à l'est par la mer Égée. Des rites primitifs liés au loup, qui peuple alors ces contrées, y étaient en effet perpétrés. Sur le mont Lykaion, lieu de naissance de Zeus, des jeux étaient organisés tous les quatre ans, accompagnés de banquets durant lesquels les pratiques de cannibalisme (dont certaines résurgences, attribuées par les autorités à des factions satanistes, sont parfois observées de nos jours) étaient courantes. La chair humaine, rapportent les chroniqueurs, était partagée entre les participants, lesquels se trouvaient alors changés en loups pour une durée de neuf ans avant de retrouver forme humaine... à condition d'avoir renoncé dans l'intervalle à leurs tragiques appétits.

Pline l'Ancien (23 - 79), de son côté, affirme que Déménète de Parrhasie fut « métamorphosé en loup après avoir goûté des entrailles d'un enfant immolé dans le sacrifice de victimes humaines que les Arcadiens faisaient encore dans ce temps à Jupiter lycéen ». Certains anthropologues voient en lui le « premier loup-garou authentifié » de l'histoire. Ex-membre de l'ISPM, spécialiste notamment de l'Antiquité grecque, le Suisse Étienne Levasseur se refuse à établir une chronologie. « Nous disposons d'un faisceau de signaux forts pointant vers cette période, prétend-il, et vers cette région en particulier. L'histoire du roi d'Arcadie est à cet égard très significative : Lycaon était père de cinquante fils, réputés pour leur impiété. Ces derniers édifièrent un temple en l'honneur de Zeus au sommet du mont Lycée. Pour les remercier, le roi des dieux vint leur rendre visite sous les traits d'un pauvre hère. Ils lui servirent de la chair d'un enfant fraîchement égorgé, et une violente altercation s'ensuivit. Fou de rage, Zeus foudroya tous les fils du roi sauf Nyctimos, qui monta sur le trône. Lycaon fut transformé en loup. » Ovide évoque cet épisode dans ses *Métamorphoses* : « Ses vêtements se changent en poils, ses bras en jambes, devenu un loup il conserve encore des vestiges de son ancienne forme. Il a toujours le même poil gris, le même air farouche, les mêmes yeux ardents ; il est toujours l'image de la férocité. » Au-delà des signes et des symboles, l'étude des rites locaux et des légendes annexes plaide en faveur d'une présence lycanthropique avérée.

Au Ier siècle, le médecin grec Arétée de Cappadoce évoque certains hommes persuadés « d'être de verre », craignant d'être cassés et subséquemment transformés en loups. Il les décrit « travaillés par les appétits et les affres de cet animal féroce, se jetant sur les troupeaux et les hommes pour les dévorer, sortant la nuit de préférence, hantant les cimetières et les monuments, hurlant à la mort, avec une perpétuelle altération, les yeux enfoncés et hagards, ne voyant qu'obscurément comme s'ils étaient entourés de ténèbres, les jambes meurtries par les égratignures et les morsures de chiens ».

Dans le *Satiricon* de Pétrone, Nicéros raconte qu'il était invité au banquet d'un soldat de ses amis et le vit se transformer en loup. « Quand je me suis retourné vers mon ami, je vis qu'il s'était dépouillé de ses vêtements et qu'il les avait empilés au bord de la route… Il s'assit dans un cercle autour de ses vêtements, puis, comme ça, se transforma en loup ! […]

Il poussa des hurlements de loup puis s'enfuit dans les bois. » Originalité du texte : Pétrone explique comment distinguer un loup d'un loup-garou : toute blessure infligée à l'animal paraît sur le corps du lycanthrope. C'est une particularité que nous verrons souvent ressurgir, et qui pourrait posséder un fondement scientifique.

Virgile, de son côté, évoque les facultés du lycanthrope dans sa huitième églogue, par l'entremise d'Alphésibée : « J'ai vu Moeris se faire loup et s'enfoncer dans les bois. »

De façon générale, de nombreuses divinités gréco-romaines sont également liées au loup. La plupart (Zeus, Léto, Artémis) n'hésitaient pas à se transformer, non sans conserver leur caractère divin.

« Les versions divergent, explique Levasseur. Il existe des textes apocryphes, des traductions tronquées, etc. On y discerne, par endroits, une étrange prescience : celle de la nature intrinsèquement duelle du lycanthrope. Un esprit, un corps, un esprit devenant corps. Il est aujourd'hui établi, dans la plupart des cercles spécialisés, que les lycanthropes ont toujours existé, et qu'ils peuplaient la Grèce antique en grand nombre. »

4 – LES AMÉRIQUES

La majeure partie des spécialistes s'accorde aujourd'hui à reconnaître que les Vikings ont inoculé une partie de leurs légendes lycanthropiques aux tribus amérindiennes du Nord américain pendant la colonisation du continent. Certaines croyances des Indiens navajo relatives au « peaux-de-loups » ressemblent à des légendes européennes. Des sorciers baptisés *skinwalkers* y sont présentés. On les dit capables, par magie, de prendre la forme de l'animal qu'ils souhaitent. Pareillement, les chamans amérindiens sont décrits comme pouvant abriter l'esprit d'un loup. « On touche là, raconte le professeur Hervé Maglans, correspondant indépendant de l'ISPM, à un point essentiel de la nature lycanthropique : l'existence du *phantasticum*[1], la séparation corps-esprit. La profusion de légendes thérianthropiques associées aux Indiens

1 Nous reviendrons largement sur la notion de *phantasticum*, et sur les pratiques chamaniques associées, dans la partie II de cet ouvrage, dès la page 57.

d'Amérique nous laisse penser que les lycanthropes étaient légion dans cette partie du monde, et que leur existence était plus ou moins acceptée par la communauté. En vérité, aucune autre ethnie n'intégra à ce point la nature lycanthropique à la réalité de la tribu, de la communauté. »

Au Canada et en Louisiane

Le rougarou (parfois aussi nommé roux-ga-roux, rugaroo ou rugaru) est mentionné par les communautés francophones des Laurentides européennes. La plupart des histoires concernant cette créature sont liées à la culture francophone de Louisiane, et influencées par les croyances amérindiennes attachées au wendigo, même si on y retrouve aussi des croyances européennes. Le rougarou hante les marais du Sud. La plupart des témoignages évoquent une créature « parfaitement humaine » durant la journée : le rougarou prend soin de dissimuler sa véritable nature, vécue comme une malédiction, de crainte d'être tué. La nuit venue, il revêt une apparence humanoïde : sa tête devient celle d'un loup, et il n'est délivré de son martyre que lorsqu'il verse le sang d'une victime humaine. L'auteur Peter Matthiessen prétend que le rougarou est une créature semblable au géant cannibale wendigo présent chez les Indiens algonquins. Contrairement à lui, cependant, le rougarou entretient des rapports privilégiés avec la nature : sa malédiction est vécue intérieurement, et il n'est pas le prédateur sans merci que certains veulent voir en lui. « C'est là un axiome primordial, affirme Hervé Maglans, que je soutiens personnellement, mais que certains de mes collègues réfutent : le garou n'est pas l'ennemi du monde. C'est un être déchiré, qui protège la nature et/ou tente de se fondre en elle. » Marius Barbeau, considéré comme le fondateur de l'anthropologie canadienne et québécoise, affirme pour sa part que « le loup-garou est un personnage folklorique issu non pas des contes, qui sont la fiction anonyme d'époques révolues, mais des anecdotes populaires qui, elles, sont des récits oraux de composition récente ayant trait à des péripéties tantôt réelles, tantôt imaginaires, de la vie domestique. Se rapportant à des notions, à des croyances, à des institutions, à des coutumes ou des mœurs tombées en désuétude, ces anecdotes prennent la forme de réminiscences personnelles ou de souvenirs communiqués et transmis. Leur substrat, autrement dit, est réel, et elles sont réputées véridiques dans le milieu où elles ont pris naissance. » Des rapports récents émis par l'Ordre théosophique de Montréal (rapports dont la publication, pour des raisons juridiques, nous a été refusée), et mentionnant une activité « anormale » dans le nord du Québec, attestent à nos yeux d'une présence lycanthropique contemporaine, et expliquent la vitalité du folklore afférent, aujourd'hui et hier.

Les contes à consonance religieuse ou moralisatrice dans lesquels sont mentionnés des loups-garous sont en effet légion au Québec. L'un d'eux, rapporté par Honoré Beaugrand, mentionne la rencontre entre des navigateurs et un groupe de loups-garous près de Trois-Rivières, au jour de la Toussaint. Les créatures y sont décrites comme des « possédés aux yeux brillants comme des tisons, avec des têtes et des queues de loup, [dansant] autour d'un feu au milieu de sapins en découpant un corps humain ».

Ailleurs, les lycanthropes sont décrits comme des individus ayant négligé leurs obligations religieuses pendant de nombreuses années, et ayant fini par faire alliance avec le diable pour se transformer en loup. Les faits sont là : abondants, parfois précis. Il revient au spécialiste, pensons-nous, d'interpréter au mieux cette abondance de matériau, et d'en tirer une théorie unifiée.

C'était une ronde de loups-garous que le diable avait réunis pour leur faire boire du sang de chrétien et leur faire manger de la viande fraîche. Le prêtre qui se trouvait à bord du navire demanda une branche de rameau béni, un trèfle à quatre feuilles et deux balles trempées dans l'eau bénite pour s'en débarrasser, mais le matelot qui lui apporta les objets omit le trèfle ainsi que de tremper les balles. Deux coups de feu partirent accompagnés d'un signe de croix, mais ils restèrent sans effet. Pour la seconde tentative, le fusil fut chargé avec un chapelet et le coup dispersa la meute.

Honoré Beaugrand, extrait de *La Chasse-galerie.*

Dans les Caraïbes

Le loogaroo, lycanthrope des Caraïbes, dont la nature est elle aussi diabolique, est mentionné dès le XVIe siècle. Le folklore qui l'entoure semble issu d'une combinaison des croyances européennes et vaudou. Le monstre peut « quitter sa peau » avant de chasser ses proies, dont il offrira le sang « au démon » (identifié par les spécialistes au chef de meute, qui aimait à se montrer sous un jour effrayant afin de maintenir son emprise sur le groupe). C'est un être aux habitudes compulsives, résultant peut-être de pathologies mentales liées à son état.

Le jé-rouge haïtien, pour sa part, est un esprit lycanthrope qui peut posséder le corps des personnes pendant la nuit et les transformer malgré elles en monstres cannibales. Cette créature se distingue des lycanthropes européens en ce qu'elle semble vouloir transmettre sa lycanthropie aux humains, un peu à l'instar d'un vampire.

Quelles conclusions peut-on tirer de ces histoires ? Nous serions bien en peine de le dire. Comme nous l'écrit un psychologue de l'Institut : « Il est difficile de déterminer, à supposer qu'une telle créature existe, si sa nature lycanthropique dérive d'une quelconque affection mentale, ou si elle s'en trouve à l'origine. » C'est un point, naturellement, sur lequel nous reviendrons longuement.

5 – FOLKLORE D'EUROPE DE L'EST

Les épopées de l'Est regorgent de légendes et d'anecdotes évoquant des créatures lycanthropiques. Dans une vieille saga tartare, Bürûh Kahn règne sur six cents loups et passe le plus clair de son temps sous l'apparence d'un loup : chronique d'une invasion annoncée. Rares sont les régions, en effet, à avoir engendré autant d'histoires. « Les lycanthropes affectionnent les régions froides et isolées » rappelle une note d'un dossier local.

Une byline – poème traditionnel de la Russie ancienne, transmis généralement à l'oral – met en scène un certain Vseslav de Kiev, prince biélorusse du XIe siècle, sous les traits d'un lycanthrope capable de se déplacer à des vitesses surhumaines.

Le Dit de la campagne d'Igor

Vseslav le prince jugeait les hommes ; en tant que prince, il faisait la loi dans les villes ; mais à la nuit tombée il rôdait sous la forme d'un loup. Depuis Kiev il rôdait, et il atteignit Tmutorokan avant son équipage. Le passage du Grand Soleil, il l'atteignit et le franchit en rôdant comme un loup.

Toujours en Russie, le wawkalak, parfois baptisé vourdalak, est un individu victime de la colère du diable et transformé en loup contre son gré, puis renvoyé parmi les siens. Ce lycanthrope involontaire, évidemment, n'est pas mauvais « de nature » et ne s'en prend jamais aux hommes, qui d'ailleurs prennent soin de lui et le recueillent. Malheureusement, sa malédiction le condamne à voyager sans cesse, et il lui est difficile, pour cette raison, de s'attacher à quiconque. La nature animale, qu'il développe de plus en plus, semble être le fruit de cet ostracisme forcé, et les spécialistes de l'ISPM considèrent les histoires le concernant avec le plus grand intérêt.

Les vilkacis (ou vilkatis, ou vilkatas) sont des lycanthropes communs aux folklores letton et lituanien. Ici encore, les références plus ou moins explicites au *phantasticum* sont légion. On ignore si le vilkacis subit une transformation physique véritable ou si seule son « âme » est atteinte, dans la mesure où les récits mentionnent des personnes *apparemment* endormies et « courant le garou », suite à quoi la personne physique perd la vie, et l'âme est dans l'impossibilité de réintégrer sa demeure de chair.

Une remarque : les vilkacis ne s'attaquent qu'aux animaux (particulièrement aux troupeaux) et jamais à l'homme. Contrairement à la plupart de leurs compagnons de folklore, ils ne guérissent pas non plus de leurs blessures, et ne sont donc pas invulnérables. L'ISPM, à leur sujet, penche bel et bien pour des thérianthropes authentiques.

En Lituanie, c'est par *l'Histoire des peuples septentrionaux*, d'Olaus Magnus, que la nature des lycanthropes locaux nous est connue. L'auteur y décrit des créatures très agressives et particulièrement craintes qui n'hésitent pas, lors des longues nuits d'hiver, à prendre d'assaut les maisons les plus isolées, défonçant les portes dévorant aussi bien les hommes que les bêtes.

Ils entrent aussi dans les celliers où ils vident des baquets de bière et de cervoise, buvant tout leur saoul avant de repartir. À noter : la tendance des lycanthropes à l'éthylisme semble être une constante en Europe. Elle cadre en tout cas avec leur nature incontrôlable et guerrière.

6 – AILLEURS

D'innombrables pays possèdent leurs légendes lycanthropiques. On remarquera notamment les particularismes des folklores galiciens, portugais et brésiliens, mentionnant des créatures lupines de petite taille, loup gris ou noir, chassant la nuit sous la pleine lune, et s'attaquant de préférence au bétail. On retrouve la trace de cette présence en Argentine, et jusqu'au Chili, où des légendes tragiques entourèrent longtemps les septièmes enfants d'une famille, réputés maudits, et conséquemment abandonnés.

7 – LA FRANCE

De tous les pays d'Europe, la France est peut-être le plus prodigue en légendes lycanthropiques. Assez traditionnellement, les loups-garous y sont vus comme des démons venus terroriser le bon peuple sous l'influence du diable. Les récits de transformations involontaires, ou émanant des transformés eux-mêmes, sont rares.

Hubert de Montier, anthropologue natif du Berry, chroniqueur radio et auteur de nombreux ouvrages de vulgarisation sous un pseudonyme bien connu du public, fut officieusement pendant des années le correspondant local de l'ISPM en phénomènes lycanthropiques. C'est à ce titre que nous avons eu l'honneur de l'interviewer, par téléphone.

LES CARNETS : **Monsieur de Montier, à quand remonte votre premier contact avec les lycanthropes et quelles en furent les circonstances ?**

HUBERT DE MONTIER : C'est Wolfgang Füssli qui m'a contacté, en 1978 je crois. Il avait lu certains de mes ouvrages et m'a invité à Zurich pour en parler. Il avait la conviction que, contrairement à de nombreux auteurs d'ouvrages consacrés au surnaturel, je croyais réellement ce que j'écrivais. Il avait raison.

LES CARNETS : **De façon concrète, avez-vous eu des contacts directs avec un ou plusieurs lycanthropes ?**

HUBERT DE MONTIER : Cela m'est arrivé quatre fois en quarante ans. C'est à la fois très peu et énorme.

LES CARNETS : **Pouvez-vous nous raconter ces rencontres ?**

HUBERT DE MONTIER : Je ne peux pas vous parler des quatre, non. Et si je vous disais pourquoi, vous en sauriez déjà trop. Je sais que cela sonne comme un roman de gare. Mais j'ai fait des promesses. Ce que je peux vous révéler est ceci : la plupart des lycanthropes n'aspirent qu'à vivre tranquillement. Ils sont comme des serpents : si vous les ennuyez, si vous les dérangez, ils mordent. D'où leur mauvaise réputation. Mais les lycanthropes s'attaquent rarement aux humains de leur propre initiative.

LES CARNETS : Aucune histoire réelle, alors ? Nous touchons là aux limites de notre travail : le public demande des preuves matérielles. Bien souvent, tout ce qu'il se voit offrir est une preuve... que l'absence de preuves n'est pas avérée.

HUBERT DE MONTIER : Ce n'est déjà pas si mal (rires). Plus sérieusement, je peux vous parler d'Éric. De nombreuses personnes le connaissent, du côté des étangs de la Brenne, dans le Berry – non loin de chez moi. C'est un marginal, à tout le moins, qui a fait sienne l'utopie de Thoreau : il habite une cabane dans les bois, vit au milieu des biches et des renards, se nourrit du strict minimum. Rien, ou pas grand-chose, ne laisse soupçonner sa nature. Mais je l'ai vu à l'œuvre.

LES CARNETS : C'est-à-dire ?

HUBERT DE MONTIER : Éric est discret. Il ne va pas se transformer devant vous comme un personnage de film américain. Les lycanthropes ne font jamais ça, jamais.

LES CARNETS : Que font-ils ?

HUBERT DE MONTIER : Ils vous emmènent. Je ne sais pas comment ils font ça. Éric m'a fait boire la « voudre », une sorte de décoction médicinale de son invention, à base de plantes naturelles. Une recette qu'il tenait de l'un de ses semblables, m'a-t-il affirmé. Et par trois fois, j'ai couru la forêt avec lui. J'ai pu apprécier sa vitesse, sa vigueur. Je l'ai vu traquer un chevreuil et fondre sur lui plus vivement qu'un tigre.

LES CARNETS : Quoi d'autre ?

HUBERT DE MONTIER : Les lycanthropes ne vont pas tout vous montrer. Il faut gagner leur confiance, et c'est peut-être ce que je n'ai pas réussi pleinement à faire. Mes souvenirs sont parcellaires. Mais ils sont réels, je puis vous le certifier. J'ai aperçu, lors de ces courses nocturnes, des endroits que je n'avais jamais visités, des grottes, notamment, que j'ai retrouvées par la suite, et dont je n'aurais jamais pu avoir connaissance par un autre biais.

LES CARNETS : C'est ce que fait le loup-garou ? Il se dissocie, il voyage ?

HUBERT DE MONTIER : On peut dire ça comme ça. Mais, bien évidemment, ce serait rendre bien maigre justice à sa nature complexe et torturée.

LES CARNETS : Les théories et efforts de classification entrepris par vos collègues de l'ISPM sont-ils, de votre point de vue, pertinents ?

HUBERT DE MONTIER : J'ai un grand respect pour les travaux de Kerstin Waetzel, et je pense que les conclusions qu'elle a tirées de ses observations de terrain sont au moins aussi valides que les miennes. Bien sûr, vous pourrez dire qu'elle est allée plus loin, beaucoup plus loin. Mais on a vu de quel prix elle l'a payé. De mon côté, je me suis efforcé de faire concilier mes propres expériences avec les innombrables études et témoignages de mes prédécesseurs.

LES CARNETS : C'est-à-dire ?

HUBERT DE MONTIER : Nous avons à notre disposition un corpus de contes et de légendes à nul autre pareil, s'étalant sur près d'un millénaire. Nous ne pouvons balayer toutes ces histoires au prétexte qu'elles ne seraient que le fruit de superstitions et de terreurs ancestrales. Il y a de ça, évidemment, mais nos ancêtres n'étaient pas plus stupides que nous et leur crédulité ne doit pas être surévaluée. Ma conviction est que nos prédécesseurs étaient témoins de beaucoup plus de phénomènes surnaturels que nous… parce que ces phénomènes étaient plus nombreux, tout simplement.

LES CARNETS : Pourquoi l'étaient-ils ?

HUBERT DE MONTIER : Parce qu'ils avaient la place de se manifester. Parce que les hommes étaient moins nombreux et les forêts plus profondes.

LES CARNETS : Et l'Église plus puissante ?

HUBERT DE MONTIER : L'Église a fait beaucoup de mal, mais de nombreux moines, chanoines et autres érudits religieux ont fait avancer la science par leurs observations éclairées. L'Église ne se réduit pas à l'Inquisition, et c'est un agnostique qui vous parle.

LES CARNETS : Vous évoquiez ces cas d'observations innombrables : pourriez-vous nous éclairer un peu sur le folklore français ?

HUBERT DE MONTIER : Volontiers. Tirez les premiers…

LES CARNETS : Il y a Nennius et son *Historia Britannicum.*

HUBERT DE MONTIER : On peut penser que c'est là que les choses commencent, en effet. Nennius affirme que certains Celtes pouvaient prendre à volonté la forme d'un loup, grâce à une force tenue de leurs ancêtres. Ils s'attaquaient aux moutons et s'enfuyaient lorsqu'on les poursuivait. Pour se transformer, ils quittaient leur corps humain en ordonnant à leurs amis de ne pas les changer de position car, si cela arrivait, ils ne pourraient plus jamais reprendre forme humaine. Si quelqu'un les blessait sous leur forme de loup, la blessure se retrouvait exactement au même endroit sur leur corps humain. La théorie du *phantasticum*, déjà validée !

LES CARNETS : C'est un sujet que nous aborderons, chronologiquement, dans la deuxième partie de notre ouvrage. Nos lecteurs ne savent rien encore au sujet du *phantasticum*. L'objet de cet entretien est justement de leur montrer que les théories de l'ISPM « ne sortent pas de nulle part », ne sont pas un simple produit du siècle et des observations les plus récentes.

HUBERT DE MONTIER : Et je vous remercie pour cela. Car c'est ce que je me suis échiné à répéter aux pontes de l'Institut après la disparition de Wolfgang. J'ai l'impression que le message a parfois du mal à passer.

LES CARNETS : Reprenons le fil des légendes, si vous le voulez bien.

HUBERT DE MONTIER : Volontiers.

LES CARNETS : Vers 1131, selon nos notes, une légende mentionne que « Hugues de Camp d'Avesnes, comte de Saint-Pol qu'on appelait la Bête Canteraine, fut changé en loup-garou par une force divine en raison des crimes épouvantables qu'il avait commis. On le voyait pendant la nuit, chargé de chaînes, parcourir les rues en poussant des hurlements ».

HUBERT DE MONTIER : Il existe des documents en vieux français là-dessus, d'un réalisme saisissant. Il faut lire le lai de Guillaume Noir, dont un exemplaire est consultable je crois aux archives de la ville de Carcassonne. Il n'y est fait nulle mention de cette force divine, mais bien d'une affection contractée à la naissance par ce malheureux Hugues. Ses transformations y sont décrites avec un luxe de détails passionnants : couleur de poils, stature, phénomène de dissociation, encore, si l'on sait lire entre les lignes.

LES CARNETS : Moins d'un siècle plus tard, Marie de France compose le *Lai de Bisclavret*, dans lequel un chevalier se transforme en loup « trois jours chaque semaine ». Il se déshabille entièrement, nous dit-on, avant de se changer en loup et dissimule ses vêtements sous une pierre creuse. « Son épouse lui posant de plus en plus de questions, il finit par lui révéler l'endroit où il cache ses vêtements. Apeurée, l'épouse le trahit en demandant au baron qui lui fait la cour de voler les vêtements. Le Bisclavret ne peut plus retrouver sa forme humaine et réchappe de justesse à une chasse au loup donnée par le roi qui remarque son comportement humain et l'épargne. Un soir, le Bisclavret retrouve son ex-épouse et le baron à la cour du roi, il les attaque et arrache le nez de la femme. Le roi, qui assistait à toute la scène interroge cette dernière, qui finit par lui révéler où elle a caché les vêtements. Le Bisclavret redevient humain et le baron comme l'épouse infidèle sont bannis. Ils ne donnent naissance qu'à des enfants sans nez. »

HUBERT DE MONTIER : (Rires). Oui, on est plutôt en présence d'un conte de fées, ici. L'un des rares textes français où la lycanthropie apparaît comme un destin subi. Là encore, il existe d'autres documents, moins connus, qui remettent ce récit dans son contexte. En Bretagne, au XIIIe siècle, des alliances ont visiblement été conclues entre un clan de lycanthropes et un monarque local. Soudain, les hommes-loups ne sont plus des ennemis. On peut les aider, et ils peuvent nous aider. L'histoire de Marie de France ne serait destinée qu'à officialiser cet état de fait auprès des sceptiques. On sait que la démarche a largement échoué, notamment à cause des lycanthropes eux-mêmes, d'une certaine battue sauvage et, *in fine*, d'une véritable guerre ouverte qui mettra à mal tous les efforts jusqu'alors accomplis.

LES CARNETS : **Pour reprendre la recension... Dans ses *Otia Imperialia*, rédigées en 1212, le chroniqueur anglais Gervais de Tilbury raconte l'histoire de Raimbaud d'Auvergne, ancien soldat devenu hors-la-loi. Déshérité par un noble, il s'exile dans les bois et se transforme en loup-garou pendant la pleine lune : « Une nuit, sous le coup d'une terreur excessive qui provoqua une aliénation de son esprit, il s'attaqua aux enfants comme aux adultes, força des agriculteurs à quitter leur foyer et ses actes cruels se multiplièrent. À la fin, grièvement blessé par un bûcheron, il perdit un pied, sectionné d'un coup de cognée et reprenant ainsi sa forme, redevint homme [...]. On l'affirme en effet, les hommes qui se conduisent ainsi sont libérés de cette sorte d'infortune par l'amputation des membres. » Raimbaud remercia le bûcheron de l'avoir définitivement débarrassé de sa malédiction et de sa damnation.**

HUBERT DE MONTIER : Celle-ci est authentique.

LES CARNETS : C'est-à-dire ?

HUBERT DE MONTIER : Elle est vraie en tous points, d'après moi. Stress post-traumatique du sujet conduisant à la réalisation, dans les deux sens du terme, de son état. Mais c'est seulement une intuition. Cette histoire est esseulée, aucun document d'époque ne vient l'appuyer.

LES CARNETS : **Il y a aussi l'histoire de Pierre Burgeot et Michel Verdun, accusés en 1521 de lycanthropie. Pierre raconte que, dix-neuf ans plus tôt, un violent orage éclata tandis qu'il gardait son troupeau de moutons. « Il rassembla ses bêtes et aperçut trois hommes vêtus de noir, montés sur des chevaux noirs, devant lui. L'un d'eux le questionna. Étonné, le berger répondit qu'il avait perdu plusieurs bêtes et qu'il craignait que des loups ne les mangent. L'homme en noir lui conseilla de ne pas s'inquiéter : si le berger l'acceptait comme maître, son troupeau**

serait épargné et il ferait même fortune. Pierre Burgeot accepta et convint d'un rendez-vous avec l'étranger qui disait s'appeler Moyset. Lors de leur entrevue, Moyset énonça les termes du contrat : Burgeot devait renoncer à Dieu, à la Vierge, aux saints, etc. L'homme accepta en jurant de ne plus se rendre à la messe ni de s'asperger d'eau bénite. Lorsqu'il baisa la main de Moyset, celle-ci était aussi froide que la pierre. Au fil des années, Burgeot oublia sa promesse et fut rappelé à l'ordre par Verdun, qui exigea qu'il se déshabille complètement et s'enduise le corps d'un onguent magique. Celui-ci fit rapidement effet et transforma le berger en loup, il vit ses bras et ses jambes se recouvrir de poils, ses mains se transformer en pattes munies de griffes. Verdun se transforma également en loup et ils semèrent la panique dans la campagne environnante, attaquèrent un enfant de sept ans et le taillèrent en pièces, immolèrent une femme qui récoltait des petits pois puis enlevèrent une fillette de quatre ans dont ils ne laissèrent qu'un bras. Ils lapaient le sang de leurs victimes et s'accouplaient avec des louves. » Votre avis là-dessus ?

HUBERT DE MONTIER : Un fatras moralisateur. Il n'y a jamais eu de Pierre Burgeot, ni de Michel Verdun, à ma connaissance. Cette propagande catholique ne présente pas grand intérêt. Elle compile toutes les obsessions de l'époque, empaquetées dans une fable morale pour enfants coupables. En revanche, l'histoire des trois hommes sur leurs chevaux se retrouve à la même époque dans plusieurs autres récits. Par ailleurs, une histoire bordelaise similaire à celle de Pierre Burgeot est rapportée par Jean Grenier d'Aquitaine.

LES CARNETS : Nous abordons ce cas un peu plus loin dans le livre.

HUBERT DE MONTIER : Une chose que vous ne savez pas forcément, à ce propos – enfin, tout dépend des archives de l'ISPM auxquelles vous avez eu accès : Jean Grenier, présenté comme un déficient mental, rencontra un « grand homme mince vêtu de noir » dans la forêt, monté sur un cheval noir, qui se présenta comme le « seigneur de la forêt ». Cet homme en noir possédait, dit-on, des ongles effilés, avec lesquels il marquait ses disciples.

LES CARNETS : Un chef de meute ?

HUBERT DE MONTIER : Je n'aime pas beaucoup ce terme. Je n'ai pas recensé de véritable organisation clanique en France et je ne suis pas certain que ce soit le « truc » des lycanthropes, si vous me passez l'expression. Ils ne sont pas assez nombreux pour se regrouper au sein de structures réellement hiérarchisées. A contrario, comme les loups, ils ont besoin de vastes territoires. La promiscuité ne les arrange pas.

LES CARNETS : Les archives de l'ISMP regorgent pourtant d'exemples de regroupements.

HUBERT DE MONTIER : De nos jours ? Bien entendu. C'est devenu une nécessité. Le monde est cruel, le monde observe, espionne, analyse sans cesse. Rien n'échappe au regard du sceptique, de l'ennemi, du prosélyte en herbe. Quand ils se reconnaissent, les lycanthropes se regroupent parfois. Pas parce qu'ils en ont fondamentalement besoin. Mais parce qu'ils craignent ce qui se passerait s'ils ne le faisaient pas.

LES CARNETS : Un mot sur les particularismes locaux ? La richesse du vocable français…

HUBERT DE MONTIER : Nous avons le Grand Gris d'Alsace, la bête des Vosges, qui hantent les ballons, les forêts de sapins. Responsable de l'extinction du lynx ? J'ai un ami, à Marlenheim, qui possède une collection de clichés à faire frémir. Il ne les a jamais montrés à la presse. C'est un original.

LES CARNETS : La garache ?

HUBERT DE MONTIER : C'est le loup-garou du Poitou, de la Vendée. Généralement une femme. Les garaches blessées, dit-on, meurent ou retrouvent leur apparence originelle. À Angles, on a signalé qu'une garache avait été tuée dans le champ de Pérochelles, à l'est de la ville. Un spécimen empaillé, à la transformation incomplète, a longtemps été conservé dans la mairie. Puis celle-ci a brûlé. Tout aussi bien, il pouvait s'agir de l'œuvre d'un falsificateur. On raconte qu'un autre monstre aurait été abattu aux environs de la cabane de la petite Lamberde, près de la tour de Moricq. Une sombre histoire de reine d'Angleterre et de malédiction. Le 1er janvier 1884, un certain Roger Saboureau tua un énorme loup, et revenant sur les lieux à l'aube, découvrit avec horreur le cadavre ensanglanté de sa femme : une garache, encore, condamnée à l'errance.

LES CARNETS : On mentionne aussi les voirloups.

HUBERT DE MONTIER : Connotation religieuse, une fois encore. Champagne méridionale, très localisé. Peuvent se transformer non seulement en loups, mais aussi en renards, sangliers, boucs, et même chats. On évoque un mélange appelé amalgame, dont ils doivent s'enduire. Ils mangent les moutons des bergers. Comme souvent, il faut creuser (le voirloup, expliquent les locaux, « efface la nuit ce que, le jour, on a écrit sur lui »). Ou consulter le très intéressant *Mystérieuse Forêt d'Othe*, de Gabriel Groley, paru en 1975, et riche d'anecdotes fort précises.

Invocation de Satan lancée par les voirloups
Il manque la formule cabalistique finale, connue des seuls initiés.

> « SEIGNEUR SATAN, MAÎTRE DE L'UNIVERS, TON HUMBLE ET DÉVOUÉ SERVITEUR T'INVOQUE POUR QUE PAR TA PUISSANCE, IL PUISSE EN CETTE NUIT DE TON RÈGNE SE CHANGER EN (*DONNER ICI LE NOM DE L'ANIMAL ENVISAGÉ*) AFIN D'OBÉIR À TOUTES TES VOLONTÉS ET SEMER LA TERREUR CHEZ CEUX QUI SE REFUSENT À TE SERVIR. »

LES CARNETS : La birette...

HUBERT DE MONTIER : Voirloup de sexe féminin, grosso modo. Mais circonscrite à un périmètre très restreint, la pauvrette, au bord de la Loire. Pacte avec le diable de rigueur, et ces créatures conservent sur leur corps les cicatrices des coups reçus pendant leur forme bestiale. Un signe particulier : le premier enfant issu d'une relation avec une birette hérite de la malédiction de sa mère. Il peut transmettre cette lycanthropie à sa descendance et perpétuer ainsi l'espèce.

LES CARNETS : Vous y croyez ?

HUBERT DE MONTIER : Pourquoi pas ? La lycanthropie est une globalité, une constellation de particularismes et de cas spéciaux. Le seul point sur lequel tous les spécialistes sont d'accord, c'est que c'est le seul point sur lequel ils ne seront jamais d'accord *(rires)*.

LES CARNETS : Il y a aussi la galipote.

HUBERT DE MONTIER : Une espèce arboricole. Ces particularismes (dans le cas de la galipote, créature à la course rapide, on notera la capacité de se percher dans les arbres et de se laisser choir sur ses proies) ne sont pas issus de l'imagination enflammée d'un chroniqueur. Il existe une réalité au départ : deux ou trois spécimens qui, effectivement, se perchent dans les arbres. *Ensuite* seulement, les faiseurs d'histoires entrent en scène. C'est comme le *Nouveau Testament*. Personne ne songe aujourd'hui à affirmer que Jésus est un pur concept. C'est sur sa vraie nature que les théologiens du monde ne sont pas d'accord.

LES CARNETS : Et chez vous ?

HUBERT DE MONTIER : Les lubins, dans le Berry. Rongent les os des trépassés et dégagent une haleine repoussante. Je pense en avoir vu un, une fois – échappé d'un asile psychiatrique, non loin de Châteauroux. Ceux-là se tiennent sur deux pattes et parlent entre eux leur propre langage.

Le Berry, le Morvan, les sorciers, les bandes, les danses, les formules magiques : tout cela palpite et se contracte dans le brouillard du passé et des légendes. Mais quand vous parvenez à accoler les légendes et la réalité présente, quand vous réussissez à établir le lien entre une histoire vieille de cinq siècles ou plus et le cas dont on vous a parlé une semaine auparavant – cette présence qui hante encore la forêt, appelez-le fou, appelez-le monstre – alors, soudain, vous vous souvenez pourquoi ce métier et ce sujet vous intéressent tant. Le lycanthrope, c'est le lien entre les contes de votre grand-mère et la fureur moderne : Perrault et les *serial killers*. En ce sens, on peut le voir comme une figure intensément contemporaine.

8 – SENS, ORIGINES ET SYMBOLES

Les pages précédentes en témoignent : la présence du lycanthrope imprègne toutes les strates spatiales et temporelles de l'histoire telle que nous les connaissons. La rejeter comme un simple folklore, ainsi que s'échinent à le faire les tenants des instances et des sciences officielles, n'est pas plus sérieux que de prétendre, à l'instar de certains fanatiques, que ces monstres sont partout. Les spécialistes de l'ISPM s'accordent à reconnaître que leur population, à l'heure actuelle, compte plusieurs milliers d'individus.

Mais qui sont les lycanthropes, au fond, et d'où viennent-ils ? Le débat sur leur origine est vieux de plusieurs siècles, et voit s'affronter des théories très diverses émanant à la fois de théologiens, d'anthropologues, d'enquêteurs, de médecins, d'occultistes et de simples spécialistes du loup. D'innombrables manifestations lycanthropiques peuvent être expliquées par des attaques de loups, des pathologies fonctionnelles, des désordres psychiatriques, des rituels tribaux, voire la consommation de substances hallucinogènes. Nous reviendrons sur certains de ces points dans les parties et chapitres ultérieurs.

Le loup, ennemi fondamental

L'arrière-plan fantasmatique est évidemment primordial. L'homme, on le sait, a toujours été fasciné et terrifié par le loup, principal prédateur des régions d'Europe occidentale. Sur un plan symbolique, l'animal incarne le côté sombre de l'espèce humaine et la sauvagerie afférente, la liberté : une sorte de force vitale indomptable, associée à la nuit et au mystère.

Jusqu'au début du XXe siècle, les attaques de loups sur l'homme n'étaient pas monnaie courante mais elles existaient, notamment en Europe. Doté d'un puissant instinct de prédateur, le loup, animal de meute, s'attaquait en priorité aux proies les plus faibles ou les plus faciles. Les registres paroissiaux débordent de listes de victimes, attestant que les proies le plus souvent choisies étaient des femmes et des enfants. Les contes de fées ont abondamment puisé dans ce terreau historique, présentant le loup comme un ennemi ultime et fondamental, l'essence même de la menace imprévisible. « On se trouve en présence d'un cercle vicieux difficile à briser, affirme l'anthropologue zurichoise Josette Prat (ancienne correspondante de l'ISPM elle aussi), le loup est craint, il fait des victimes, il entre dans l'inconscient collectif comme un monstre de cauchemar, et il est craint davantage. Aujourd'hui encore, les parents parlent du méchant loup à leurs enfants, alors que la population de ces animaux, globalement pacifique, a été réduite un peu partout, et parfois de façon dramatique[2]. Bien sûr, les légendes ont la vie dure, même à notre époque : dans certaines zones rurales de Roumanie, par exemple, on signale des attaques perpétrées par des animaux anormalement massifs et agressifs. Toute la difficulté pour nous est de faire la part des choses. Par principe, nous ne rejetons aucune hypothèse. »

Si quelques loups, dans les mythes et légendes de notre monde, sont présentés sous des dehors positifs, tels Geri et Freki, compagnons d'Odin dans les légendes nordiques, les loups celtes de Lug, ou la louve qui allaita Romulus et Remus, l'animal conserve une image très négative. Diabolisé par les autorités chrétiennes, qui prônaient son extermination, il causait aux troupeaux et aux bergers des dommages bien réels, engendrant des haines et des colères que l'Église pouvait facilement reprendre à son compte.

2 Dans les zones géographiques où les loups n'ont jamais été présents, d'autres prédateurs prennent leur place, et deviennent le sujet de légendes thérianthropes : ainsi du tigre en Inde, du jaguar en Amérique du Sud ou de la hyène en Afrique.

Les guerriers-loups

Le cas des guerriers berserker est plus ambigu : ces combattants vikings, qui se lançaient à l'assaut en poussant des cris de bêtes et se vêtaient souvent de peaux, suscitaient l'effroi de leurs adversaires en mimant une nature semi-animale. D'après l'*Edda de Snorri*, les Berserker allaient nus au combat, enragés comme des bêtes. Ils tuaient sans merci, et nulle douleur n'avait prise sur eux. La fureur guerrière sacrée à laquelle ils s'abandonnaient était nommée *Bärenhaftigkeit*. Leur extase pouvait trouver son origine dans la consommation de psychotropes ou dans d'obscurs rituels. Elle pouvait aussi, estiment certains spécialistes de l'ISPM s'appuyant sur des documents d'époque et des analyses d'ADN, dériver de transformations réelles.

Les hommes virent qu'un grand ours marchait devant des hommes du roi Hrolf, restant toujours près du roi. Il tua plus d'hommes avec ses poings que les cinq champions du roi. Les lames et les armes rebondissaient sur lui, il décima les hommes et les chevaux du roi Hjorvard, et ses morsures tuèrent tous ceux qui se mirent en travers de son chemin, de sorte que la panique et la terreur balayèrent bientôt l'armée du roi Hjorvard...

Saga de Hrolf

De : Susan Keeler
À : Dpt. Origin
Date : 6 mars 2007

Monsieur,

Les résultats de nos expériences, menées conjointement avec le professeur Hopkins du département Anthropologie de l'université de Dublin, sont désormais disponibles et nous amènent, contre toute attente, à corroborer vos propres observations. Les analyses des ossements trouvés sur les champs de bataille d'Akureyri plaident en faveur d'une explication de type métamorphique. Sans entrer dans les détails (vous trouverez en pièce jointe le document PDF reprenant l'essentiel des données), l'explication hallucinogène ne semble pas résister à l'examen des faits. Elle n'explique ni les transformations osseuses ni, ainsi que je vous l'écrivais il y a peu, les analyses de la pilosité. Les guerriers ne portaient pas de peau de loup : ils allaient nus, insensibles au froid et à la douleur. Les divergences observées entre les cadavres « classiques » (ceux ne portant pas de bracelets) et ceux des « leaders » laissent imaginer la mise sur pied d'une force d'élite métamorphe, dont l'apparition devait suffire à susciter panique et effroi chez l'ennemi. L'hypothèse d'une manifestation thérianthropique, maintes fois évoquée, reste sujette à caution.

Je vous invite par le présent mail à vous mettre en rapport avec le professeur Bouzerau, à Amiens, France, afin que nous trouvions ensemble les moyens d'approfondir ces recherches, si toutefois vous pensez – comme c'est notre cas – que le jeu en vaut la chandelle.

Tueurs en série

D'autres spécialistes associent l'origine des légendes entourant le lycanthrope à des phénomènes purement criminels. Un rappel : contrairement à une idée répandue, le phénomène des tueurs en série ne se limite ni aux dernières décennies, ni au seul territoire américain. Certains meurtriers psychotiques sont plongés dans un état second quand ils perpétuent leur acte : les victimes miraculées évoquent de véritables animaux, écumant et grognant comme le ferait un loup. Si 99 % des témoignages relèvent de l'exaltation métaphorique ou de l'affabulation pure, certains, par leur précision, continuent de jeter le trouble, et sont classés dans les archives de l'ISPM comme « cas limites ».

Transcription audio du témoignage d'Helena Durange, native de Bruxelles, après son agression par le tueur Igor Strazniev aux environs de Dniepropetrovsk, en décembre 1987.

Q / À quoi ressemblait votre agresseur ?
R / Je dirais 1,90 m. Race blanche. Chauve, très musclé.

Q / Quelles ont été les circonstances de l'agression ?
R / Fulgurantes. Il devait être 23 h 40 et j'avais bu, comme je l'ai dit. Je ne prêtais pas attention au fait que j'étais seule, dans une ville étrangère, déserte – un quartier malfamé. Mon agresseur a surgi d'une ruelle adjacente et m'a plaquée au sol. Je n'ai même pas eu le temps de crier.

Q / A-t-il parlé ?
R / Un peu, mais des choses en russe, que je ne comprenais pas. Je pense qu'il ne voulait que mon argent liquide. Et il préférait que je reste calme. Il n'a pas essayé de me violer ni de me faire du mal. Ses mains énormes fouillaient mes poches, mon sac. Il a trouvé mes traveller's cheques, et les a rejetés, chiffonnés. Le vent les a emportés. Il était sur le point de me relâcher.

Q / Que s'est-il passé alors ?
R / Ma bombe lacrymogène. Elle était dans mon sac à main, et j'ai

réussi à l'attraper pendant qu'il fouillait les poches de mon blouson. Je lui en ai administré une giclée. Je voulais juste qu'il me lâche. J'étais terrifiée, dégrisée, sous le choc. Mais c'est alors que cette... chose est arrivée.

Q / Chose ?

R / Je n'ai pas très bien compris ce qui se passait. Aujourd'hui encore, la scène reste floue. Il m'a semblé qu'il s'en était allé, un moment, parce que je ne sentais plus son poids sur moi. Mais il faisait noir, très noir, et je ne pouvais pas bouger. J'étais paralysée par la peur. Un grondement est monté, comme un moteur de voiture qui refuse de partir, mais avec quelque chose de plus animal et à la fois de plus métallique... Je sais que ça paraît... C'est difficile à expliquer. J'ai mis du temps à admettre que c'était lui.

Q / Ensuite, vous l'avez vu.

R / Pas très bien, mais oui. Ce n'était plus le même. Ses bras étaient couverts de poils et ils semblaient avoir doublé de volume. Pareil pour les jambes.

Q / La tête ?

R / La tête avait changé aussi, mais ce n'était pas une tête de loup, pas vraiment. Plutôt une tête d'homme préhistorique.

Q / La taille de l'agresseur avait-elle augmenté ?

R / Oui. Non. Enfin, c'est difficile à dire. Il me paraissait plus grand, mais, encore une fois, j'étais terrifiée. Et je peux me tromper.

Q / Que s'est-il passé alors ?

R / Il m'a soulevée de terre et m'a plaquée contre un mur. Je pouvais sentir son haleine. Ce n'était pas une haleine normale. Mes pieds ne touchaient plus le sol. J'ai essayé de me débattre ce qui, bien sûr, était ridicule. Il m'a fixée longuement. Ses yeux étaient noirs, et brillants à la fois. J'entendais le bruit de sa respiration. J'ai eu l'impression qu'il hésitait sur la conduite à tenir.

Q / Combien de temps cette scène a-t-elle duré ?

R / Je dirais trente secondes. Ensuite, cette voiture est apparue, et il m'a rejetée au loin. Et il a disparu. J'ai réussi à me redresser lors du passage de la voiture, je ne suis pas sûre que les occupants m'auraient vu sans cela. C'étaient des Russes, et la conversation était difficile, mais ils ont tout de suite vu que je n'allais pas bien. J'ai perdu connaissance et je me suis retrouvée à l'hôpital. La suite, vous la connaissez.

9 – AFFAIRES ET PERSÉCUTIONS.

Le lycanthrope pose naturellement problème à la société. En dehors de l'incrédulité qu'il suscite, il est porteur de trouble, de danger, de violence, et menace l'intégrité et la sécurité de la communauté. Si les anciens Grecs mettaient déjà en garde leurs semblables (le médecin Arétée fut l'un des premiers à assimiler la lycanthropie à une maladie), le statut des loups-garous change de façon dramatique sous le regard de l'Église catholique. Pour cette dernière en effet, les lycanthropes s'apparentent à des manifestations démoniaques. C'est d'autant plus étonnant qu'on ne trouve aucune mention de telles créatures dans les écrits bibliques. « Les théologiens furent contraints de trouver l'explication par eux-mêmes, explique un religieux anonyme proche de l'ISPM : en affirmant que le démon pouvait transformer le corps humain en celui d'un loup grâce à des pouvoirs magiques, ils se retrouvaient à contredire l'un des fondements de la religion chrétienne selon lequel Dieu seul possède le pouvoir de création. Il leur fallait donc inventer autre chose. L'explication selon laquelle un démon ou un sorcier pouvait projeter son âme dans le corps d'un loup fut également rejetée car elle impliquait que le démon ou le sorcier possédât des pouvoirs équivalant à ceux de Dieu. La théorie principalement développée au Moyen Âge fut celle selon laquelle "le diable est une illusion et Dieu seul peut réaliser de vrais miracles, mais les démons peuvent réaliser de faux miracles, faire paraître présentes des choses inexistantes, faire apparaître un objet sous une forme qui n'est pas la sienne et cacher ce qui se trouve réellement là pour faire croire à son absence." »

Saint Augustin affirmait dans *La Cité de Dieu* que les métamorphoses étaient des illusions du diable n'affectant ni le corps ni l'âme mais le *phantasticum*, sorte d'« image fantomatique » de l'homme. Cette notion de *phantasticum*, si fondamentale aux yeux de l'ISPM, nous n'avons trouvé aucun spécialiste pour la contredire. « La métamorphose en loup est décrite par l'Église comme une illusion perçue par les sens, affirme Wolfgang Füssli dans les notes introductives d'un ouvrage resté inachevé. Cette hypothèse aurait pu prêter à sourire si elle ne venait corroborer, par certains aspects, d'innombrables observations de terrain. L'imagerie populaire, les représentations cinématographiques et littéraires classiques, laissent imaginer un homme se transformant entièrement en loup : la réalité, bien que nous ne soyons toujours pas parvenus à la circonscrire dans son entièreté, est évidemment plus complexe. La plupart de nos collaborateurs, amis ou associés s'accordent à dire aujourd'hui qu'il faut raisonner en termes de projection, de dédoublement. Il n'y a peut-être pas illusion au sens strict du terme, mais "illusion d'illusion". En voulant mettre au point une explication qui ne mette par leurs dogmes à mal, les théologiens médiévaux ont, sans doute sans le savoir, articulé une explication crédible. »

Malgré les interrogations, la croyance (ou croyance simulée) à la culpabilité des loups-garous resta effective jusqu'au début du XVIIIe siècle et les individus suspectés de lycanthropie demeurèrent pourchassés et punis.

Certains ouvrages font montre d'une violence extrême à l'égard des lycanthropes : c'est le cas du fameux *Malleus Maleficarum*, publié en 1486, qui constitue un authentique manuel de chasse aux loups-garous. Pour Sprenger, l'un des auteurs du manuel, « le loup-garou est un loup véritable que possède un démon qui le rend féroce, audacieux, invulnérable ». Impossible, également, de passer sous silence l'œuvre d'un certain Jean Bodin, jurisconsulte, philosophe et politicien français, qui publia, en 1580 le célèbre *La Démonomanie des sorciers – traité et réquisitoire contre les sorciers*, régulièrement réédité, à l'instar de son prédécesseur. L'ouvrage de Bodin se donne pour objectif « la poursuite et le châtiment implacable de tous les coupables de sorcellerie », auxquels les lycanthropes sont évidemment associés.

Le célèbre inquisiteur Henry Boguet, par ailleurs, fut amené à juger plusieurs cas impliquant des loups-garous, et rapporta plusieurs anecdotes et comptes rendus sur ces créatures, dont le célèbre cas de Gilles Garnier. Selon ses écrits, le loup-garou s'apparentait à une « manifestation directe de l'intervention du diable ». Ici encore, Füssli note d'étranges presciences. « Satan, affirmait Boguet, abandonnait le lycanthrope endormi dans un buisson et en faisait sortir un loup. L'animal commettait alors tous les crimes qui hantaient l'esprit du dormeur, en troublant son imagination au point "que la victime croyait véritablement s'être métamorphosée en loup et avoir couru la campagne en tuant hommes et bêtes." On ne peut que rester confondu par l'acuité d'une telle description, qui rejoint par bien des points les observations de l'ISPM et plaide, dès cette époque, pour la réalité d'un dédoublement. »

Signalons toutefois qu'en dépit du fait que la réalité de la transformation physique soit ici remise en question, le supposé loup-garou était considéré comme responsable de ses actes, et jugé comme ayant « pactisé avec le démon ».

D'autres grands penseurs, en leur temps, accusèrent les lycanthropes de pactiser avec le diable. On citera Jacob Horstius et son *De Aureo Dente*, Paracelse et son *De Natura*, présentant les transformations en loup comme réelles.

Dans *Christlich Bedenken und Erinnerung von Zauberey*, publié en 1585, Hermann Witekind s'en prend à la sorcellerie sous toutes les formes, et des chapitres « oubliés » dans les éditions ultérieures décrivent des sabbats vécus, qui ressemblent fort à des témoignages de première main. En 1632, Ambroise Paré décrit dans *Des monstres et prodiges* la lycanthropie et l'impuissance masculine comme des preuves de l'existence du démon.

Extrait de **Des monstres et prodiges**

Hubons sont ceux là qui se disent avoir esté mordus de Loups ou Hubins enragés, ils triment ordinairement avec une lucque, comme ils bien vonct à sainct Hubert, ou qu'ils en viennent, qu'ils fichent aux rastichons pour les recommander dans les Entifles.

De la fin du Moyen Âge à la Renaissance, soit en moins de cent ans, de nombreux rapports d'attaques de loups-garous sont enregistrés, ainsi que près de trente mille procès rien qu'en France, un nombre qui peut paraître extraordinaire, mais qui doit être rapproché des cent mille procès en Europe. Selon Collin de Plancy, ce décompte doit même être revu à la hausse : des dizaines de milliers de pauvres hères, soupçonnés de lycanthropie auraient péri, victimes de la vindicte populaire et sans que même l'Église ne s'en mêle. « Les populations rurales, note Hubert Tardowski, historien, croyaient fortement à l'existence physique de ces "hommes-loups" qui ravageaient les campagnes et s'attaquaient aux animaux comme aux êtres humains. Ces croyances ont évidemment mené aux pires carnages. Dans certains cas, des preuves de meurtre et de cannibalisme étaient retenues contre les accusés, mais aucune d'association avec les loups. Parfois, et cela avait été fermement établi, les villageois avaient simplement été terrifiés par des loups. Mais cela ne doit pas cacher le fait que des cas authentiques ont pu être traités par la même occasion : la paranoïa ne rend pas le danger moins réel. »

Du XVe au XVIIIe siècle en Europe, les procès de loups-garous se multiplient et les coupables sont menés au bûcher. Lorsqu'un villageois est soupçonné d'être un loup-garou, il est généralement écorché vif : la légende veut en effet que les poils de loup se cachent sous sa peau. L'exécution est postérieure à cette torture, quand le suspect y survit. Elle s'effectue parfois par pendaison, plus souvent par les flammes. « Il est possible, note Tardowski, que des accusés aient échappé à leur exécution, parce qu'aucun poil n'avait été trouvé, justement. Nous parlons de cas rares, où les jurés auraient accepté de reconnaître leur erreur. Les pauvres bougres qui en réchappèrent furent probablement marqués à vie par le traumatisme de l'interrogatoire. »

Il faudra attendre la fin du XVIIIe siècle pour que les procès pour sorcellerie soient interdits.

(1)

Accusations et procès

Dossier ISPM 1,983

Le célèbre compagnon de Jeanne d'Arc, Gilles de Rais, surnommé Barbe-Bleue, est accusé de « lycanthropie et d'actes de barbarie » et exécuté en 1440.

(ISPM : cas probablement imaginaire. (P3)

En 1521, Pierre Burgeot et Michel Verdun furent accusés d'être des loups-garous par le prieur du couvent dominicain de Poligny, le fameux Jean Bodin. Le procès eut lieu à Besançon et attira une foule nombreuse. Les deux accusés furent déclarés coupables et brûlés vifs. Leur portrait demeura affiché dans l'église locale pour rappeler ce que les hommes étaient susceptibles d'accomplir sous l'influence du démon.

(ISPM : Cas avéré. Cf. dossier phantasticum / ADN référence XVI ; (P7)

En 1541, à Pavie, en Italie, un fermier passait pour avoir déchiqueté un grand nombre de personnes avec ses dents, sous forme de loup. Après sa capture, il affirma que l'unique différence entre un véritable loup et lui résidait dans la fourrure, qui pousse vers l'extérieur chez le loup et vers l'intérieur chez lui.

(ISPM : à classer / Pathologies).

En 1542, cent cinquante loups-garous se réunirent sur une place de Constantinople selon Henry Boguet.

(ISPM : à classer).

En automne 1573, alors qu'une terrible famine sévissait, les villageois de Dole furent terrorisés par des crimes commis sur des enfants retrouvés déchiquetés et dévorés. Des preuves d'attaques par des loups avaient été avancées, mais aucune « contre un être humain ». Suite à une autorisation du Parlement dolois

(2)

de « s'assembler avec épées, hallebardes, piques, arquebuses et autres bâtons », les soupçons se focalisèrent sur Gilles Garnier, un marginal habitant avec sa femme en pleine forêt à l'ermitage Saint-Bonnot. Garnier fut conduit par un groupe d'habitants au tribunal de Dole. Après ses aveux, les minutes du tribunal du 18 janvier 1574 énoncèrent le verdict suivant : « Gilles Garnier, tombé en sorcellerie, ayant pris et occis plusieurs enfants de six à douze ans tant avec ses mains semblant pattes qu'avec ses dents, la Cour le condamne à être aujourd'hui traîné à l'envers sur une claie depuis la conciergerie de Dole jusqu'au tertre de ce lieu et y être brûlé vif… ». L'un des chefs d'accusation était d'avoir commis cet acte un vendredi, jour où la consommation de viande est interdite.

(ISPM : le cas Garnier est évoqué en abondance dans le fichier dédié. IP6. Consulter unité pathologique)

En 1584, Pierre Gandillon et son fils Georges furent arrêtés et accusés d'avoir assassiné et dévoré de nombreux adolescents sous l'influence d'un onguent dont ils s'étaient enduit le corps. La dégénérescence avait modifié leur apparence, ils « se déplaçaient à quatre pattes, avaient des ongles épais, durcis par l'âge et aiguisés comme des griffes ».

(ISPM : Cas probable, compliqué par recension incomplète et témoignages discordants. Études ADN (département Histoire) en cours. IP7.)

En 1589 eurent lieu le procès et la mise à mort de Peter Stumbb, célèbre tueur en série allemand pratiquant le cannibalisme. Il était connu sous le nom de loup-garou de Bedburg. Lors de son procès, il clama que le diable lui avait donné une ceinture magique lui ayant permis de se métamorphoser dans « la similarité d'un loup, avide, fort de voracité et puissant, avec de grands yeux larges qui miroitaient comme le feu dans la nuit, une bouche grande et large avec des dents pointues, un corps énorme, et des pattes puissantes ».

(ISPM : à étudier. Manque données. Voir W. Füssli et département Histoire. IP5 en attente éléments additionnels.)

En 1598, dans la vallée de la Loire, Jacques Rollet, un simple d'esprit qui se prenait pour un loup, fut découvert à proximité du cadavre ensanglanté d'un jeune garçon de quinze ans. Il était connu sous le nom de « loup-garou de Caude ». Selon les témoi-

(3)

gnages, il avait fui le lieu de son forfait et fut retrouvé à moitié nu dans les bois. Ses longs cheveux et sa grande barbe étaient emmêlés, ses mains couvertes de sang serraient encore des morceaux de chair. Pendant son jugement, il raconta qu'il avait assassiné des juges, des avocats et des baillis en précisant que la chair de ces derniers était dure et insipide. La cour l'avait condamné à mort mais il fut considéré comme mentalement déficient et interné dans un asile où il demeura deux ans.

(ISPM. Cas avéré : 189 / Enfant sauvage, confessions faussées par tortures, dissimulant transformation réelle. Classement pathologique à revoir. Voir W. Füssli)

En 1603, Jean Grenier d'Aquitaine, un enfant de quatorze ans mentalement déficient et physiquement retardé, fut accusé d'être un loup-garou. On lui attribua plusieurs disparitions d'enfants, dont celle d'un nourrisson enlevé dans son berceau. Après son arrestation, il admit avoir dévoré quinze enfants et se proclama « fils d'un prêtre ». Vérification faite, son père n'était qu'un valet de ferme qui l'avait battu plus souvent qu'à son tour, et Jean s'était enfui pour lui échapper : livré à lui-même, il pratiqua occasionnellement le métier de vacher, pratiqua la mendicité et vécut d'une manière totalement sauvage. Ayant pris en compte son âge et ses déficiences, le juge ordonna son internement à vie dans un cloître. Sept ans plus tard, Pierre de Lancre lui rendit visite. Il trouva un Jean Grenier squelettique : « ses yeux enfoncés brûlaient d'une lueur inquiétante, ses mains ressemblaient à des serres aux ongles recourbés, ses dents étaient longues et pointues. Il imitait les loups, se déplaçait à quatre pattes et avec agilité. Il avait toujours refusé de s'alimenter normalement et préférait dévorer des immondices. » Une année après cette visite, Jean Grenier mourut en laissant le souvenir impérissable de l'enfant-loup.

(ISPM : Littérature abondante, cas probable / voir HM, Berry ; 188. Parallèle cas Mournier / Région Toulouse, 1678.).

10 – LYCANTHROPIE CLINIQUE

Par un curieux retournement de perspective, la lycanthropie est passée progressivement, au cours du siècle écoulé, et parfois antérieurement, du statut de transformation physique « réelle » à celui de maladie psychiatrique. Plusieurs explications à cela : l'invention et l'épanouissement de la psychiatrie moderne, et la volonté nouvelle des lycanthropes (et de certains de leurs alliés) d'accréditer les thèses « médicales », ou du moins de ne pas les nier, pour mieux se dissimuler.

En vérité, de si nombreuses idées ont été avancées au fil des siècles pour tenter « d'expliquer » la lycanthropie, que les accusateurs n'ont eu que l'embarras du choix. Les Latins, par exemple, nommaient la lycanthropie « mélancolie, rage lupine, *insania lupina* ou folie louvière ». Il est tout à fait probable que des cas réellement psychiatriques de lycanthropie se soient mêlés à des phénomènes réels, accentuant l'impression de confusion générale. Aussi, et idéalement, chaque cas documenté doit être passé au crible d'un examen scientifique rigoureux pour déterminer s'il concerne ou non une lycanthropie avérée. « C'est là toute la difficulté de notre travail, reconnaît un analyste de l'ISPM. Aucun autre phénomène métanaturel ne s'est prêté à une telle débauche d'explications psychiatriques ou psychanalytiques. »

Le fameux Jean Wier (1515-1588), médecin néerlandais, décrit la lycanthropie comme un phénomène purement imaginaire. Les malades qui en sont atteints, écrit-il, « sont pâles, ont les yeux enfoncés et la langue fort sèche ».

D'autres chercheurs, médecins, ecclésiastiques ou démonologistes soutenaient que la mélancolie dont étaient atteints les sujets de leurs études était de nature à provoquer hallucinations et fantasmes, pouvant conduire à la folie meurtrière. D'aucuns recommandaient de soigner les lycanthropes au moyen de « bains, purgations radicales, saignées répétées », et on recommandait de leur enduire les narines d'opium. Robert Burton, dès le début du XVIIe siècle, associait la lycanthropie à une folie d'origine spirituelle ou magique, ou à une atmosphère méphitique. Le manque de sommeil et d'exercice était également incriminé. Dans son célèbre *Dictionnaire infernal*, publié en 1818, Collin de Plancy dépeint la lycanthropie comme une « maladie qui, dans les siècles où l'on ne voyait partout que démons, sorcelleries et maléfices, troublait l'imagination des cerveaux faibles, au point qu'ils se croyaient métamorphosés en loups-garous, et se conduisaient en conséquence. Les mélancoliques étaient plus que les autres disposés à devenir lycanthropes, c'est-à-dire hommes-loups ».

Quelle réalité peut-on attribuer à ces explications ? C'est là un vaste sujet, sur lequel les spécialistes de l'ISPM continuent de se pencher.

« Plusieurs réalités troublantes coexistent, avance Alexander Levin, médecin de Lausanne et membre honoraire de l'Institut. Des patients psychologiquement atteints ont été diagnostiqués à tort comme lycanthropes authentiques. A contrario, de véritables lycanthropes se sont crus malades, ou se sont laissé convaincre qu'ils l'étaient. » Le fait est qu'une pathologie organique existe bel et bien : elle s'appelle *lypémanie*. Les malades se persuadent qu'ils sont des loups, adoptent l'attitude et le comportement de cet animal. Ils peuvent devenir dangereux pour eux-mêmes ou leur entourage. « La phobie de la métamorphose, écrit un médecin, les précipite dans la métamorphose. »

Raccourci vertigineux. Sur la nature exacte de cette phobie ou des troubles qui peuvent lui être assimilés, les opinions, en revanche, divergent. D'un point de vue médical, le patient peut souffrir de schizophrénie, d'un syndrome cérébral organique accompagné de psychose, d'une réaction dépressive psychotique, d'une névrose hystérique de type dissociatif, de psychose maniaco-dépressive ou d'épilepsie psychomotrice.

L'explication psychiatrique, en tout état de cause, jette une lumière nouvelle sur les cas récents – ceux sur lesquels une littérature conséquente et sérieuse existe. Elle a le mérite de mettre un terme aux tortures et mises à mort dont furent victimes de nombreux lycanthropes au fil des siècles. Toutefois, la peur originelle subsiste et, aujourd'hui encore, de vastes populations rurales continuent de préférer les explications magiques. « Le paradoxe, ironise une source anonyme, est que ces populations, en dépit des raisonnements censément rassurants que les autorités s'emploient à leur opposer, sont parfois dans le vrai. »

Plusieurs cas d'attaques d'animaux sur des troupeaux – et plus occasionnellement sur des hommes – ont fait ressurgir, à intervalles réguliers, la peur ancestrale du lycanthrope assoiffé de sang dans notre époque contemporaine. Une expérience récemment orchestrée par la Fox Broadcasting Company, qui avait mis en place un numéro de téléphone pour signaler la présence de lycanthropes, prouve que cette peur est encore très vivace aujourd'hui.

Le document d'archives présenté ci-après, dont le substrat a été popularisé par de nombreux sites internet et publications sans souci de recherches ou d'exactitude, a été annoté par Wolfgang Füssli en personne en 1985, à destination de ses pairs. Il montre à quel méticuleux travail d'étude les analystes de l'ISPM chargés d'étudier les cas de lycanthropie plus ou moins documentés doivent s'astreindre, et dans quelle mesure une telle entreprise peut s'avérer souvent stérile.

Dossiers Histoire – LYC/ARC 4

En 1764, la bête du Gévaudan terrorisa l'actuelle Lozère. La créature donna naissance à de nombreuses théories et fut parfois décrite comme un loup géant, voire un loup-garou.
Füssli : cas déjà amplement débattu, sans conclusion satisfaisante. Cas de meute possible, explication clanique ! Voir H. Granhiz, en Pologne, pour cas similaire. Archives villes Lozère, travail à poursuivre néanmoins.

En 1766, la « bête de Sarlat », à Sarlat en Dordogne, fit une quinzaine de victimes.
Füssli : Manque de faits. (cf. Oliver H : « au mois d'août 1766, elle finit par être reconnue comme un loup porteur de la rage. Le peuple ne suivit guère cette explication, il faut dire qu'entre-temps, elle avait encore occis au moins dix-huit personnes. On l'apercevait en tous lieux, même dans les venelles sombres de Sarlat et, l'exaspération et la peur étant à leur comble, la légende de la Bête s'enfla à tel point que les braves gens du pays n'osaient plus sortir à l'approche de la nuit tombante. »)
Füssli : Anthropophagie possible, en cours.

Au milieu du XIXe siècle, la plus belle fille d'un petit village situé le long de la Vistule, en Pologne, fut
enlevée par ce qui semblait être un loup-garou.
Füssli : H. Graniz : pure affabulation. Hallucination collective / crise hystérique. Je recommande le classement sans suite.

En 1887, au Saskatchewan, Canada, un coyote fut abattu avec une balle en or, l'objet fut extrait du corps de l'animal et l'histoire rapportée en 1940 par des mineurs à l'écrivain Ed Bodin.
Füssli : Note Pr. Hardman / Seattle : « Troublesome Red Coyote shot with gold bullet, then reclusive miner (Red Morgan) dies from apparent bullet wound.

Gold bullet is retrieved from body – story told by New York mining engineer) ».

En 1899, en Pennsylvanie, un vieil homme sympathique passait pour être un loup-garou. Il mourut dans un lieu désormais connu comme « die Woolfman's grob ».

Füssli : Faits additionnels – présence d'une fillette, May Paul, et d'un chasseur. Northumberland – histoire intéressante.

En 1925, un jeune garçon d'un petit village alsacien proche de Strasbourg fut accusé d'être un loup-garou.

Füssli : Plusieurs cas additionnels : Sélestat, Barr, Andlau (ours ?) : recherches archives, travail à poursuivre / Pr. Werner, Strasbourg.

En 1930, ce qui semblait être un loup-garou terrorisa la banlieue parisienne, à Bourg-la-Reine.

Füssli : Histoire réincarnation François Villon. Archives municipales, rendez-vous.

En 1946, une bête mystérieuse présentant toutes les caractéristiques d'un loup-garou terrorisa une réserve navajo, en Amérique du Nord.

Füssli : Spécificités ? Contact Gordon, baroudeur / Utah. Tant d'histoires semblables ! Dossier Navajo. ET Savage Desert, archives.

En 1946 et 1947, l'affaire de la « bête du Valais », en Suisse, ne fut jamais élucidée.

Füssli : Panthère ? Zoo de Bâle. Loup tué, dompteur – Prendre contacts. Urania envoyée sur place.

En 1949, à Rome, la police dut enquêter sur un étrange cas de lycanthropie : tous les mois, à la pleine lune, l'un des citoyens de cette ville était en proie à d'inquiétantes hallucinations et poussait des hurlements sinistres.

Füssli : Affaire du cimetière protestant. Voir ici : Dossiers Vatican !! (Giulano). Voyage prévu, colloque Phantasticum de Turin, poser questions

En 1957, des loups-garous s'attaquèrent aux pensionnaires d'un foyer d'infirmières à Singapour. La police recueillit le témoignage d'une des infirmières sur l'île principale, qui se réveilla pour voir « un horrible visage, avec des poils qui atteignaient l'arête du nez, et de longs crocs proéminents ». Le mystère n'a jamais été résolu.

Füssli : Cette histoire fait l'objet d'un dossier spécial. Voir avec Urania. Questions posées aux autorités anglaises, rapport.

En 1975, les journaux anglais rapportèrent la tragique histoire d'un jeune homme de dix-sept ans, originaire du village d'Eccleshall, qui se croyait sur le point de se transformer en loup-garou. Pour mettre un terme à ses souffrances, il se plongea un couteau à cran d'arrêt dans le cœur. Une enquête fut ouverte après sa mort et l'un de ses compagnons de travail révéla que le malheureux avait téléphoné avant son geste fatal en disant « que son visage et ses mains changeaient de couleur et qu'il était en train de devenir un loup-garou ».

Füssli : Rapport Para/London : Location: Eccleshall (Staffordshire) - Village crossroads. Type : Werewolf. Date / Time : April 1975. Further Comments: Andrew, a teenager from the village, was found dead at the crossroads having killed himself with a penknife. One of his friends reported that Andrew had called him just before midnight, saying that his skin was changing and that he was turning into a wolf.

En 1975 et 1976, la bête des Vosges égorgea des animaux domestiques et ne fut jamais identifiée. Elle réapparut en 1994 et égorgea quatre-vingts animaux.

Füssli : Voir Urania. Affaire déjà amplement traitée et classée.

Le document qui suit, pour sa part, met en évidence les process de collaborations transverses entre l'ISPM et des instituts amis, concernant l'échange de données consacrées aux lycanthropes y compris – comme c'est le cas ici – lorsque l'une des deux parties ne dispose que d'informations réduites et parcellaires.

LES DOCUMENTS EXTÉRIEURS À L'ISPM

From : Oxford I/R Institute - Analysis Dpt
To : ISPM - BoD
Object : Data Exchange on werewolves

Foaming Wolf

Location: A1067 (Norfolk) - Road between Fakenham and Norwich
Type : Werewolf
Date / Time : 2006

Further Comments: A driver on the way back from the cinema in Norwich encountered a large black wolf eating a carcass along this road. The creature was described as standing around a metre at the withers, with yellow eyes and black matted hair. The driver slowed and the wolf briefly looked up before continuing to eat. The witness continued home, shaken.

(**Commentaires additionnels :** Un conducteur, de retour de Norwich où il était allé au cinéma, a croisé au bord de la route un énorme loup noir occupé à dévorer une carcasse. Il décrit une créature d'un mètre au garrot, avec des yeux jaunes et un pelage noir et mat. Tandis qu'il ralentissait, le loup s'est redressé un instant pour le regarder, avant de poursuivre son festin. Le témoin est rentré chez lui, sérieusement ébranlé.)

Welsh Wolf

Location : Denbigh (Wales) - Area between Denbigh and Wrexham
Type : Werewolf
Date / Time : Eighteenth century
Further Comments : Reported to be the size of a horse, this huge wolf would create mayhem in the region, feeding on livestock, dogs and the flesh of men.
(**Commentaires additionnels :** Ce monstre, que l'on disait de la taille d'un cheval, semait la panique dans la région, dévorant le bétail mais aussi les chiens et les hommes.)

Wolf-headed Skeleton

Location : Dogdyke (Lincolnshire) - Langrick Fen, but exact location unknown
Type: Werewolf
Date / Time : Unknown - pre 1926
Further Comments : A local archaeologist digging in the peat discovered a human skeleton but with a wolf's head. The man took his discovery home, but during the night he found his house besieged by a werewolf. The archaeologist spent the night barricaded in the kitchen as the beast tried to gain entrance to his house, and as the sun came up and the werewolf left, the man took the skeleton and reburied the bones where they were found.
(**Commentaires additionnels :** Un archéologue de la région, creusant dans la tourbe, exhuma un squelette humain doté d'une tête de loup. Il ramena sa trouvaille à la maison mais, durant la nuit suivante, il vit sa maison attaquée par un loup-garou. L'archéologue se barricada dans sa cuisine tandis que l'animal s'efforçait de s'introduire chez lui. Une fois le soleil levé, le monstre disparut. L'homme sortit le squelette de chez lui et remit les os là où il les avait trouvés.)

Suicidal Lycanthrope

Location : Eccleshall (Staffordshire) - Village crossroads
Type: Werewolf
Date / Time : April 1975

Further Comments : Andrew, a teenager from the village, was found dead at the crossroads having killed himself with a penknife. One of his friends reported that Andrew had called him just before midnight, saying that his skin was changing and that he was turning into a wolf.
(COMMENTAIRES ADDITIONNELS : Andrew, un adolescent du village, a été retrouvé mort à un carrefour : il s'est donné la mort avec un canif. L'un de ses amis rapporte qu'Andrew l'a appelé juste avant minuit, pour lui expliquer que sa peau changeait et qu'il était en train de se transformer en loup.)

Howl like a Fog Horn

Location : Edale (Derbyshire) - General area
Type : Werewolf
Date / Time : 1925
Further Comments: A large black creature of unknown origin caused havoc here in the 1920s when it killed dozens of sheep. Though rarely seen, the creature was said to have a howl like a fog horn. Locals allocated the blame on a lycanthrope.
(COMMENTAIRES ADDITIONNELS : Une énorme créature noire, d'origine inconnue, sema la terreur dans la région en 1920, où elle massacra plusieurs dizaines de moutons. Bien qu'ayant été rarement aperçue, la bête poussait des hurlements, racontaient les témoins, semblables à ceux d'une corne de brume. Les villageois évoquaient un lycanthrope.)

Werecat

Location : Edmondthorpe (Leicestershire) - St Michael's Church
Type : Werewolf
Date / Time : Effigies still present
Further Comments : Sir Roger Smith and his two wives have their tomb within this church, with the effigy of Lady Ann possessing a dark mark on one whist. A local legend says that Ann was a witch who could change into a cat – the mark on her statue shows where a butler hit Ann in cat form with a small axe.
(COMMENTAIRES ADDITIONNELS : La tombe de Sir Roger Smith et de ses deux épouses est située à l'intérieur de cette église. La statue allongée de Lady Ann, l'une de ses épouses, porte une marque sombre au poignet. À en croire une légende locale, Ann était une sorcière qui possédait le pouvoir de se transformer en chat ; la marque de sa statue désigne l'endroit où un maître d'hôtel la frappa avec une petite hache.)

Wolf Man

Location : Exmoor (Devon) - Valley of the Doones

Type: Werewolf

Date / Time : Nineteenth century

Further Comments : A woman walking home after dark reported seeing a grey man with a wolf's head, apparently stalking a large rabbit. The werewolf vanished when disturbed by a stag that ran out from a nearby wooded area.

(**Commentaires additionnels :** Une femme qui rentrait chez elle après la tombée de la nuit affirma avoir vu un homme gris doté d'une tête de loup, apparemment occupé à tuer un lapin de bonne taille. Le loup-garou disparut après avoir été dérangé par un cerf, qui sortait de la forêt toute proche.)

Stinker

Location : Flixton (Yorkshire) - General area

Type: Werewolf

Date / Time : Unknown

Further Comments: There are stories that the area around Flixton is home to a werewolf, which has glowing red eyes and a particularly bad body odour.

(**Commentaires additionnels :** On raconte que la région de Flixton est le domaine d'un loup-garou possédant des yeux rouges brillants et affligé d'une odeur corporelle particulièrement désagréable.)

Speed Wolf

Location: Buxton (Derbyshire) - A6 northeast of Buxton

Type : Werewolf

Date / Time : Unknown

Further Comments : This creature is reported to resemble a normal wolf, but moving at fantastic speeds and covering great distances in a single bound. It is unclear whether the wolf is a physical entity, but the nearby village of Wormhill claims to be the location where the last wolf in England was killed in the sixteenth century.

(**Commentaires additionnels :** La créature incriminée ressemble à un loup normal, mais sa vitesse est exceptionnelle et elle semble capable de bonds prodigieux. On ignore s'il s'agit d'une entité physique réelle mais, au village voisin de Wormhill, la rumeur prétend que le dernier loup d'Angleterre a été tué ici même, au XVIe siècle.)

Hound Eater
Location: Hynish, Tiree (Argyll and Bute) - General area
Type: Werewolf
Date / Time : Unknown
Further Comments : Renown for its dislike of canines (it is blamed for tearing apart stray local hounds), this human-wolf hybrid has been seen during both day and night.
(**Commentaires additionnels :** Réputée pour sa haine féroce de la race canine – on lui impute la mort de plusieurs chiens de meute égarés –, cette créature mi-homme mi-loup a été aperçue de jour comme de nuit.)

Werewolves
Location: Loch Langavat, Isle of Lewis (Outer Hebrides) - Exact area unknown
Type: Werewolf
Date / Time : Unknown
Further Comments : The island was once home to a colony of wolfmen – even though they are extinct, disturbing their graves is reported to release their spirits.
(**Commentaires additionnels :** Cette île abritait jadis une colonie d'hommes-loups. Bien que ces derniers soient éteints aujourd'hui, quiconque attente à leurs sépultures prend le risque de libérer leurs esprits.)

Strange Wolf
Location: Lynton (Devon) - Valley of the Rocks
Type : Werewolf
Date / Time : 1990s
Further Comments : This area was reportedly the stomping ground for a werewolf – sightings were reported up until the 1990s.
(**Commentaires additionnels :** Cette zone était réputée comme étant le domaine d'un loup-garou - des apparitions ont été signalées jusque dans les années 1990.)

Fox or Wolf ?

Location : Pevensey (Sussex) - Marshes in the area

Type :Werewolf

Date / Time : Pre 1939

Further Comments : The area was once said to be the home to large grey créatures ; thought by some to be wolf/fox hybrids, others believed them to be werewolves.

(Commentaires additionnels : Cette région abritait autrefois d'imposantes créatures au pelage gris ; certains pensaient qu'il s'agissait d'hybrides loup/renard, d'autres de lycanthropes.)

Wolf on Hind Legs

Location : Stafford (Staffordshire) - German War Cemetery, Camp Road, between Stafford and Cannock

Type: Werewolf

Date / Time : April 2007

Further Comments : In two separate sightings, two men reported a large hairy creature standing on its hind legs, between 180 - 200 centimetres in height. One of the men approached it, but the creature ran off.

(Commentaires additionnels : Par deux fois, deux hommes racontèrent avoir aperçu une grande créature poilue juchée sur ses pattes postérieures, d'une taille comprise entre 1,80 mètre à 2 mètres. L'un des témoins tenta de l'approcher, mais la créature s'enfuit.)

II – La réalité

1 – LE CHAMANISME

Le chamanisme désigne un ensemble de pratiques sociales, médicinales, spirituelles, s'articulant autour d'un individu, le chaman, investi par le groupe social d'un certain nombre de pouvoirs et de responsabilités afférentes. Bien que le mot « chaman » soit d'origine sibérienne, le chamanisme s'est développé un peu partout dans le monde sous des formes relativement similaires, et les préhistoriens soupçonnent qu'il fut un système commun à toute l'espèce humaine durant la période paléolithique. Peut-on parler d'une religion originelle ? Non, car la distinction entre le religieux, le politique, le social, le scientifique, est une conception moderne, qui n'a que peu de sens ici. D'ailleurs, le chamanisme peut exister indépendamment au sein d'un système religieux, comme ce fut sans doute le cas dans le judaïsme primitif.

Le chaman est avant tout un guérisseur. C'est en tout cas ce que le groupe social attend en premier lieu de lui. Il guérit non seulement les maladies du corps et du psychisme, sans distinguer les unes des autres au demeurant, mais aussi les maux sociaux (les querelles familiales ou de voisinage), phénoménaux (les dérèglements météorologiques, la disparition du gibier, du poisson) et « para-phénoménaux » (les forces invisibles, dont font partie les esprits des morts, qui œuvrent parfois contre les hommes).

Pour exercer son art de la guérison, le chaman apprend à circuler à travers divers niveaux de réalité qui peuvent se résumer en un monde souterrain, un monde terrestre, qui est celui de la réalité objective, et un monde céleste, bien qu'il y ait fréquemment des subdivisions subtiles – chez les Indiens zuni, il y a quatre mondes inférieurs et quatre mondes supérieurs. Dans ces réalités alternatives, il cherche à entrer en contact avec des êtres surnaturels, esprits des ancêtres, archétypes mythologiques, esprits animaux, pour que ceux-ci lui transmettent les moyens de la guérison. Ces moyens peuvent aller d'une indication thérapeutique à une intercession directe. Le chaman peut aussi combattre des entités néfastes dont les agissements sont à l'origine des maux.

Pour atteindre ces réalités supérieures ou inférieures, il doit modifier sa conscience en entrant dans un état de transe qui peut être obtenu par la prise de plantes hallucinogènes – le yagé en Amazonie, le peyotl au Mexique, l'amanite en Sibérie, ou tout simplement l'alcool –, par la danse, la battue d'un tambour, ou bien encore le jeûne, la souffrance physique ou la privation sensorielle.

On a longtemps pensé que les chamans étaient des psychotiques socialement intégrés, mais il s'avère que cette hypothèse est infondée. Le chaman est un « professionnel » des états modifiés de conscience. Il en maîtrise les dangers et sait prévenir les fractures psychiques. S'il cultive une forme de marginalité – il vit généralement à l'écart de la tribu, porte des costumes bigarrés, s'habille parfois avec les vêtements du sexe opposé, se comporte de manière extravagante –, qui peut d'ailleurs être à l'origine de sa vocation, c'est autant le résultat d'une certaine propension au fantasme qu'un exercice de pensée lui permettant d'appréhender de manière originale la réalité vulgaire.

Il est souvent fait mention dans le chamanisme d'un animal totémique associé à chaque individu, une sorte d'esprit animal caché dans les tréfonds de la raison humaine, et qui ne peut se révéler qu'au cours de certains rites. Seul le chaman dispose d'un lien étroit et constant avec son animal totémique. Il peut d'ailleurs en posséder plusieurs, comme autant d'assistants spécialisés ou d'avatars de sa propre conscience. Ceux-ci lui servent de guides, de véhicules vers les mondes supérieurs et inférieurs et d'intercesseurs auprès des esprits.

Kerstin Waetzel souhaita faire l'expérience de ces réalités psychiques au cœur même, pour reprendre ses termes, « du véritable territoire des loups-garous, là où les chemins des hommes et des bêtes n'ont pas divergé, là où hommes et bêtes fusionnent en une même conscience ». Elle s'adressa en particulier à un *hatalii* (un homme-médecine) navajo connu sous le nom d'Hok'ee (qui signifie « celui qui a été abandonné »).

Hok'ee vit en Arizona. Âgé de plus de soixante-dix ans, il tient une petite station-service à quelques kilomètres de Prescot. Nous avons pu le contacter par téléphone, et il a bien voulu répondre à nos questions. Voici un extrait de notre conversation.

Document : transcription
Extrait d'une conversation téléphonique avec Hok'ee, homme-médecine navajo.

— Vous vous souvenez d'une femme blanche du nom de Kerstin Waetzel, venue vous consulter au début des années 1990 ?

— Je m'en souviens très bien. Normalement, je ne fais pas de cérémonie pour les Blancs. Ils ont dans la tête toutes ces idées stupides à la Castaneda *(rires)*. Pour eux, ce n'est qu'un prétexte à se défoncer. Mais Kerstin avait quelque chose de spécial. Ses yeux luisaient.

— Ses yeux luisaient ?

— Oui... Ils luisaient au sens spirituel. Je n'avais jamais vu ça dans les yeux d'un Blanc. Difficile à interpréter... Mais j'ai accepté de l'aider à partir en quête de vision.

—Vous a-t-elle parlé des loups-garous ?

— Elle n'a fait que ça... Vous savez, mon peuple connaît bien ce que les Blancs appellent loup-garou. Et puis, j'aime le cinéma. J'ai vu *Hurlements* et *Le Loup-garou de Londres* (rires). Ces gens qui se transforment en monstres dans d'horribles souffrances... Il faut être naïf pour croire à ça, non ? Je suis un *hatalii*,un guérisseur, mon père en était un, ma grand-mère aussi. À son époque, il y avait encore beaucoup de *yenaldloshi*. Il y en a moins, maintenant...

— Des yenaldloshi ?

— Ceux qui vont à quatre pattes. Les *skinwalkers*. Des sorciers dont l'unique but est de faire le mal. Ils ont de grands pouvoirs. S'ils revêtent la fourrure d'un animal, ils deviennent cet animal... Ils ne se transforment pas comme dans les films, mais ils peuvent courir aussi vite que le loup ou le coyote. Ils acquièrent leur agilité et leur discrétion. Ils imitent leurs cris. Ils déterrent les cadavres pour les dévorer et n'hésitent pas à s'attaquer aux hommes. Car eux, ils n'ont pas peur des hommes.

— Vous en avez déjà rencontré ?

— Oui. Quand j'étais plus jeune, il y avait un *skinwalker* qui sévissait du côté de Black Canyon. Il a causé la mort de plusieurs personnes, vous savez. Des enfants, surtout. Je l'ai traqué pendant des semaines. Il changeait souvent de peau pour me tromper. Il utilisait ses maléfices contre moi. Il dessinait mon image dans le sable et déféquait dessus. Sans la protection des esprits, j'aurais succombé.

— Vous l'avez retrouvé ?

— Mon cheval l'a retrouvé. Les chevaux, vous voyez, sentent ces choses. Il se terrait dans une grotte. Je l'ai combattu. Et je l'ai vaincu.

— Comment l'avez-vous combattu ?

— Je m'étais couvert le corps d'un onguent à base de fiel d'aigle. Ainsi, il ne pouvait m'atteindre. Le combat que nous nous sommes livré était spirituel. Nous avons tous une bête en nous, une bête invisible qui est notre double dans le monde spirituel. Ma bête a été plus forte que la sienne. Il est mort au lever du soleil.

— Revenons-en à Kerstin Waetzel. Comment s'est déroulée la cérémonie ?

— Ça, je n'ai pas le droit de vous le révéler. Mais Kerstin a vu la bête en elle. Elle l'a chevauchée à travers les terres sombres et a partagé son repas. Tout ce que je peux vous dire, c'est qu'elle en est revenue bouleversée.

— Alors, selon vous, nous sommes tous, en quelque sorte, des loups-garous ?

— Non, pas exactement. La bête, vous savez, n'est pas mauvaise, elle a le pouvoir de nuire, mais n'en a pas le désir. Même le coyote n'est pas si mauvais. Il existe une harmonie entre l'homme et sa bête, un équilibre immémorial. C'est lorsque cette harmonie est rompue que l'on voit apparaître des choses comme les *skin-walkers*.

— Comment cette harmonie vient-elle à se rompre ?

— Il existe de nombreuses causes. Autrefois, avant la venue des Blancs, c'était très rare. Les *skinwalkers* sont apparus avec les Blancs, leurs maladies, leur alcool et leur mépris de l'ordre naturel.

— Si je comprends bien, plus l'homme s'éloignera de la nature, plus il y aura de loups-garous ?

— Des loups-garous, je ne sais pas, mais des prédateurs, oui...

ECC OU ÉTAT DE CONSCIENCE CHAMANIQUE

On parle d'ECC pour qualifier l'état neuropsychique particulier dans lequel plonge le chaman lorsqu'il officie. L'ECC se distingue des autres états altérés de conscience comme ceux induits par le sommeil, l'hypnose, la méditation ou la simple prise de drogues hallucinogènes. Il s'agit avant tout d'une abolition du temps et d'une unification des choses en une seule réalité totalisante, incluant aussi bien les objets et les symboles qui s'y rattachent, les perceptions sensorielles et l'imaginaire. On note, cliniquement, un ralentissement très net de l'activité alpha du cerveau et une légère augmentation des ondes theta (que l'on associe généralement à la créativité).

L'ECC peut être obtenu de diverses manières, soit par hyperstimulation sensorielle, soit, au contraire par hypostimulation. Se confronter à des températures extrêmes favorise son émergence, tout comme les privations sensorielles ou physiologiques (le jeûne, les cérémonies dirigées dans l'obscurité ou les yeux bandés, l'abstinence sexuelle, la douleur, la recherche d'un endroit isolé, d'un paysage monotone sans repères spatiaux). Le chaman peut également s'appuyer sur une stimulation acoustique répétitive, en utilisant un tambour, des crécelles, ou en chantant un motif en boucle. Cette stimulation des nerfs auditifs favoriserait l'augmentation des ondes theta. Le moyen le plus rapide d'entrer en ECC reste néanmoins l'usage des « plantes sacrées ». Le chaman ne cherche pas l'hallucination et l'usage qu'il fait de ces plantes est assez subtil, ce qui nécessite de sa part un grand savoir pharmacologique. Il veut avant tout provoquer un chavirement de sa conscience. La plante sacrée n'est, en quelque sorte, que la première impulsion de ce basculement vers une réalité clairvoyante dans laquelle l'ECC permet d'entrer et de se mouvoir.

Graham Hancock s'est intéressé à certains dessins rupestres qui se trouvent dans des grottes d'Europe et d'Afrique du Sud, ces peintures préhistoriques datant parfois de 20 000 à 40 000 ans. Elles montrent des « thérianthropes ». L'ufologue Jean Sider, dans un numéro de la revue *Parasciences*, s'interroge : « Comment nos lointains ancêtres de la préhistoire ont-ils pu avoir dans l'esprit la notion d'êtres composites mi-hommes, mi-bêtes, qui n'avaient aucune existence physique dans leur environnement naturel ? Ils n'avaient aucune raison valable de peindre de pareilles créatures, ni même de concept artistique au point de les imaginer puis d'en reproduire les formes avec des ocres sur les murs de cavernes. Ils ne peignaient que ce qu'ils voyaient, dans le périmètre où ils s'aventuraient notamment pour chasser.

La réponse à cette énigme n'est venue que dans les années 1990, grâce à un scientifique sud-africain, le Dr David Lewis-Williams, spécialiste en dessins rupestres. D'après ses recherches auprès des ethnies africaines de son pays, ces créatures ne sont visibles qu'à l'aide de drogues hallucinogènes, ou tout autre moyen pour entrer dans des états modifiés de conscience (EMC). Il a alors avancé une hypothèse : le modèle neuropsychologique, mais il a exclu toute idée de surnaturel, probablement pour sauvegarder sa carrière. Toutefois, il a affirmé que ces visions sont à l'origine des religions, et il se trouve qu'il a probablement raison.

[...]

Hancock conteste la théorie de D. Lewis-Williams, mais partiellement. Pour lui il n'y a rien de naturel dans ces visions. Après avoir réussi à visiter certains sites où ces peintures troglodytiques se situent, en France et en Afrique du Sud notamment, il a tenu à rencontrer des chamans sud-africains et sud-américains. Ceux-ci lui ont dit que ces êtres mi-hommes, mi-bêtes, appartiennent au monde des esprits, et non à notre dimension matérielle, ce ne sont donc que des entités incorporelles. Il a même expérimenté des EMC sous l'influence d'une drogue puissante constituée d'un breuvage à base d'ayahuasca, une plante très riche en DMT (diméthyltryptamine), le plus puissant hallucinogène connu. »

2 – LA THÉORIE DU *PHANTASTICUM*

« Depuis sept ans, j'ai recueilli des centaines de témoignages. Des personnes qui ont vu des loups-garous, des personnes qui se prétendent loups-garous. J'ai moi-même aperçu ces créatures. J'ai entendu leurs hurlements et senti leur haleine fétide. Mais je n'ai jamais rencontré quelqu'un ayant assisté à la transformation d'un homme en loup ou en hybride. Les lycanthropes sont eux-mêmes vagues quand on aborde cette question. L'un dit ressentir une terrible souffrance sans être capable de préciser la nature de cette souffrance. Un autre prétend ne garder aucun souvenir de ses métamorphoses. Y a-t-il vraiment transformation physiologique, allongement des os, augmentation du volume musculaire, croissance accélérée du système pileux, apparition de dents surnuméraires ? J'en suis venue à mettre en doute cette vision des choses. »

Ainsi s'exprime Kerstin Waetzel dans le rapport mensuel qu'elle adresse à l'ISPM le 17 mai 1993.

C'est à la suite de son expérience avec l'homme-médecine navajo, expérience réitérée un an plus tard auprès d'un chaman sibérien, que Kerstin Waetzel a posé les bases de sa théorie du *phantasticum* qui ébranle l'image « métamorphique » que nous nous faisons habituellement du loup-garou.

Le terme de *phantasticum* est emprunté à saint Augustin, qui l'emploie dans le dix-huitième livre de *La Cité de Dieu* : « Je crois que le *phantasticum* de l'homme, qui se modifie dans la veille ou dans le sommeil d'après l'innombrable diversité des objets, et, sans corps, prend cependant avec une rapidité étonnante les formes ressemblantes des corps, peut se présenter, quand les sens corporels de l'homme sont assoupis ou abattus, aux sens d'autres hommes sous une apparence corporelle, je ne sais de quelle manière ineffable, de sorte que les corps eux-mêmes des hommes gisent quelque part, vivants bien sûr, mais dans un engourdissement des sens plus lourd et plus profond que le sommeil. »

Le *phantasticum* est donc un double psychique, capable de s'échapper du corps humain lorsque celui-ci est en état de conscience affaiblie et de se manifester à autrui sous n'importe quelle forme. Dans la conception chrétienne d'Augustin, le *phantasticum* est dirigé par le diable, il est un abus des sens, une illusion dépourvue de corps physique. Augustin précise que le *phantasticum* « devenu corps dans la figure de quelque animal » peut apparaître « aux sens d'autres hommes, et que l'homme lui-même se prenne aussi pour tel ». Le *phantasticum* entretient un lien psychique permanent avec l'individu dont il est issu. Plongé dans « un engourdissement des sens plus lourd et plus profond que le sommeil », c'est-à-dire en état de catalepsie, l'individu partage les sensations de son *phantasticum*. Sa psyché se confond avec celle de ce double animal, et lorsqu'il revient à lui, il conserve confusément les souvenirs des actes commis par le *phantasticum*.

Le lycanthrope serait-il en définitive la manifestation corporelle du *phantasticum* ? Une créature jumelle qui agirait avec l'instinct de l'animal totémique pendant que l'individu gît inconscient ? C'est en tout cas la conclusion à laquelle Kerstin Waetzel était arrivée. Il n'y aurait pas métamorphose, mais « précipitation » du *phantasticum* dans notre réalité physique. Un dédoublement provisoire, le *phantasticum* finissant par se dissiper, la psyché humaine regagnant le corps. Dans certains cas, l'individu ne garde aucune mémoire de ce dédoublement lycanthropique. En général, des bribes de souvenirs demeurent. Elles peuvent être confondues avec des rêves ou bien interprétées comme une terrifiante réalité. L'individu a alors la certitude d'avoir subi une véritable transformation physique et psychique.

Témoignage de Fabian G., ouvrier métallurgiste de 35 ans, recueilli le 17 septembre 1992 par Kerstin Waetzel

Quand je suis revenu à moi, il faisait jour. J'étais assis dans la cuisine, à poil. Mes vêtements étaient jetés sous la table. Je ne me rappelle pas m'être déshabillé, pourtant. La gorge me brûlait. J'avais des élancements dans tout le corps, particulièrement dans les épaules et les mâchoires. Et un goût de sang dans la bouche... J'ai tué une biche, cette nuit-là. Je me souviens de la tiédeur de ses entrailles, des tremblements qui agitaient ses pattes pendant que je lui dévorais le foie. Je me souviens aussi de l'odeur de sa peur, une odeur puissante, excitante. Je n'avais pas vraiment faim, non, j'avais surtout envie de... la déchiqueter, de l'éventrer, de plonger mon museau dans ses boyaux... J'ai vomi dans l'évier, pas grand-chose, surtout de la bile. Je sais pas... Peut-être que j'avais déjà vomi ailleurs... Non, je ne me souviens de rien d'autre, juste de la biche, et aussi d'une lumière très vive. J'y voyais comme en plein jour... Vous croyez que ça va recommencer ? Qu'est-ce que je peux faire ? Dites-moi ce que je peux faire... Pourquoi ça m'arrive ? Je comprends pas... J'ai jamais rien fait de mal, moi...

Témoignage de Peter H., représentant de commerce de 47 ans, recueilli le 8 janvier 1993 par Kerstin Waetzel

Je le sens venir, vous savez, un jour à l'avance en général. J'ai des fourmillements dans les extrémités, des vertiges. Les bruits s'amplifient. Parfois, c'est terrible, ça me rend dingue. Je m'arrête dans des motels isolés, loin de la ville. Qu'est-ce qui se passerait si ça m'arrivait en pleine ville ? Je me déshabille, je planque mes vêtements sous le lit. Je sais pas pourquoi je fais ça. C'est comme un chien qui enterre un os. Ensuite, je me couche. J'ai l'impression que je suis en train de crever. Tout devient très noir. Quand je me réveille, je me sens brûlant, comme si j'avais de la fièvre, et j'ai... enfin... j'ai une érection de tous les diables... De quoi, je me souviens ? Surtout de la terre, du sol sur lequel je cours à quatre pattes, du vent, du ciel plein d'étoiles, j'aurais jamais cru qu'il y avait autant d'étoiles dans le ciel. La dernière fois, j'ai tué un coyote. Il s'est pissé dessus quand je lui ai arraché la gorge. J'ai aimé cette odeur, je vous jure, je crois bien que je me suis roulé dans sa pisse... Je ne pense pas avoir déjà tué un humain. Mais j'ai failli, une fois... Un Mexicain, un clandestin qui se planquait dans les buissons. Je me souviens parfaitement de la tête qu'il faisait et de ses hurlements. Je l'ai pas attaqué. Pourquoi ? J'ai senti d'autres odeurs. Il n'était pas seul. Il y avait une femme et un gosse cachés sous une couverture. Je me suis dit que je ne pouvais pas faire ça, le massacrer sous les yeux de sa femme et de son enfant... Moi aussi, j'ai une femme et une fille. Je ne les ai pas revus depuis que... que ça a commencé. Parfois, j'aimerais ne pas redevenir humain. Je suis bien plus heureux en loup.

Témoignage de Marissa P., étudiante de 26 ans, recueilli le 25 mai 1993 par Kerstin Waetzel

La première fois, j'avais quatorze ans, je faisais du camping avec mes parents. Je n'ai pas eu peur. C'était merveilleux. Je me suis sentie tellement libre. Libre de courir à travers champs, de me baigner dans une rivière, de respirer l'humus, les écorces, la piste laissée par un renard ou une simple musaraigne... C'est comme un rêve lucide, un rêve dont on peut décider du cours. Je ne me sens pas prisonnière d'un instinct, j'appréhende la réalité autrement, je ne la subis plus, je la vis... Tout ça n'est pas vrai, je veux dire... je ne deviens pas vraiment un loup, je suis juste l'esprit d'un loup, je suis invisible, il m'arrive même de voler. Je ne me sens pas malade, pas le moins du monde, plutôt privilégiée. J'aimerais faire partager ces expériences. Nos vies humaines sont tellement tristes et ennuyeuses.

3 – VERS UNE INTERPRÉTATION MÉTAPHYSIQUE DE LA LYCANTHROPIE

Chez les anciens Germains du Nord, le *phantasticum* est triple et se décline en *fylgja, hamr, et hugr*. La *fylgja* est une sorte de génie tutélaire généralement zoomorphe attaché à l'individu, possédant la faculté de le précéder dans le temps, de s'échapper de son corps durant le sommeil ou au moment de la mort, et d'apparaître en songe à d'autres personnes. Elle est proche de l'animal totémique du chamanisme. Un homme peut avoir plusieurs *fylgjur* (le pluriel de *fylgja*). Le *hamr* est un double susceptible de s'incarner dans la réalité physique. Il ne quitte pas le corps quand l'individu décède. Le *hugr*, plus proche du concept d'*anima*, serait le souffle vital, l'étincelle de vie qui anime aussi bien l'individu que son *hamr*, son double physique.

Cette conception multiple de ce que la culture chrétienne appelle « âme » se rencontre également dans la métaphysique égyptienne, en particulier dans le dualisme complexe entre *ka* et *bâ*. Le *ka* est un double spirituel qui naît en même temps que l'individu et qui subsiste après sa mort, attaché au corps (d'où la nécessité d'une momification) ou à une statuaire qui en est le substitut. Le *bâ* est un principe plus mouvant et agissant, qui s'échappe du corps au moment du décès, mais qui reste sur terre (tandis que le *ka* n'y fait que de brèves visites par l'intermédiaire du corps momifié ou des statues). Il est d'ailleurs représenté sous l'aspect zooanthropique d'un oiseau à tête humaine.

Il existerait un équilibre subtil entre ces aspects de l'âme qu'il convient de ne pas bouleverser. Quand cet équilibre est rompu, que les diverses natures de l'âme viennent à se confondre, à s'interpénétrer, lorsque par exemple, le *hamr* animé de la vitalité du *hugr* prend la forme de la *fylgja*, il est possible qu'un double métanaturel, un *phantasticum*, apparaisse. Le lycanthrope ne serait qu'une des multiples figures dans lesquelles s'incarne le *phantasticum*. Double incorporel (fantôme du vivant), jumeau maléfique (le *doppelgänger* des légendes germaniques), mais aussi fées et autres créatures « merveilleuses »...

Quelles sont les causes de cette disharmonie de l'âme ? Dans le cas des *skinwalkers* ou des hommes-léopards d'Afrique de l'Ouest, ce déséquilibre, source d'un grand pouvoir surnaturel, est cultivé à l'aide de divers rituels. Il peut aussi être infligé à une personne non consentante par un adepte de la sorcellerie. Un choc psychologique en est parfois à l'origine. L'hérédité joue également un rôle, et l'on peut ainsi croiser des lignées entières de loups-garous. Certaines circonstances particulières au moment de la naissance pourraient favoriser l'émergence d'un double lycanthropique ; le fait par exemple de naître coiffé de tissu placentaire ou d'être affligé d'une malformation évoquant l'animalité (doigts palmés, embryon de queue, pilosité précoce, sourcils se rejoignant).

La croyance en une contamination similaire à celle du vampirisme (une personne mordue par un loup-garou encourt le risque d'en devenir un à son tour) n'est pas totalement illégitime, mais il serait vain de chercher une quelconque explication biologique à ce phénomène. Le *phantasticum* aurait plutôt la faculté d'éveiller le double animal chez ceux qui ont l'infortune de le croiser.

L'hypothèse posée par Kerstin Waetzel est hardie mais, comme nous le verrons par la suite, se trouve corroborée par les observations réalisées sur le terrain.

4 – DES LOUPS-GAROUS FANTÔMES ?

Le *phantasticum*, tel que nous l'avons évoqué jusque-là, est le produit d'un individu vivant. Mais des morts sont également susceptibles de donner naissance à un double lycanthrope, quoique cela soit infiniment plus rare. Ces « loups-garous fantômes » ont tendance à rester dans les parages de la dépouille mortelle (des cas de profanations de sépultures et de nécrophagie pourraient leur être imputés) ou bien à se rapprocher de leurs familles. Leur comportement diffère des loups-garous classiques et rappelle plutôt celui des spectres. Ils ont une motivation qui l'emporte sur l'instinct animal, dont ils ne sont toutefois pas dénués. Ils peuvent chercher à protéger leurs proches d'un danger imminent, ou au contraire à les terroriser, à se venger d'eux.

Kerstin Waetzel a étudié un cas relevant de ce phénomène lors de son séjour aux États-Unis. Durant une année, une famille d'éleveurs de l'Oregon eut à subir les visites répétées d'une créature qui avait toutes les apparences d'un loup-garou. Justinia D. gérait alors l'exploitation en compagnie de ses quatre enfants, de son beau-frère et de l'épouse de celui-ci, depuis que son mari, Andrew D., était mort l'année précédente, emporté par le cancer.

Cela commença à la fin de l'hiver 1989 par la découverte de traces de pattes dans la neige ou la boue, identifiées comme étant celles d'un gros chien. Au fil des jours, les animaux montrèrent des signes croissants de nervosité ; un grand nombre de fausses couches et de décès inexpliqués survinrent. Au début du printemps, le fils aîné rapporta avoir aperçu dans la cour « un énorme chien noir qui faisait le beau ». Chaque nuit, durant plusieurs semaines, la famille fut réveillée par des hurlements qui provenaient d'un bois voisin. Une battue fut organisée, mais on ne trouva aucune trace d'un quelconque prédateur. Une nuit, au début de l'été, la panique s'empara du troupeau. Toute la famille se précipita vers les enclos et vit, au milieu des bêtes terrorisées, « une silhouette sombre qui se mouvait très rapidement, parfois sur deux pattes, parfois sur quatre pattes ». Justinia tira un coup de fusil en l'air, et la créature disparut aussitôt. Le lendemain, on dut abattre plusieurs vaches grièvement mordues à la gorge, au flanc, ou sur les pis.

L'événement culminant survint au cœur de l'été. Dans la nuit du 7 août, des coups terribles furent frappés contre la porte d'entrée, comme si l'on avait cherché à la défoncer. On trouva de profondes griffures dans le bois. La nuit suivante, Justinia D. décida de veiller dans le hall, le fusil sur les genoux. Vers une heure du matin, elle entendit derrière la porte des piétinements et de forts halètements. Elle regarda par la fenêtre de la cuisine et aperçut l'intrus. Laissons à Justinia le soin de raconter la suite :

« C'était un homme de grande taille. Il était couvert des pieds à la tête d'un pelage noir ou brun foncé. Il avait un visage prognathe et des yeux rouge sang. Il semblait avoir des difficultés à se tenir debout. Il devina ma présence, se tourna vers moi, et… Je suis une personne courageuse. Je ne crois pas aux superstitions. Je ne crois même pas au diable. Mais là, je fus pétrifiée, incapable de le mettre en joug ou de bouger ne serait-ce qu'un doigt… Car je l'avais reconnu… C'était Andrew ! Mon Andrew ! Il avait autour du cou la croix avec laquelle il avait été enseveli. Seigneur… Je parvins à murmurer : Mais pourquoi es-tu revenu ? Je crois qu'il m'entendit. Nous nous regardâmes encore un moment, et puis il fit volte-face et se mit à courir, à quatre pattes, vers les pâturages… Le lendemain nous allâmes en famille sur la tombe d'Andrew pour prier. Au retour, Abigale, ma cadette âgée de treize ans éclata en sanglots et m'avoua la vérité. Depuis la mort d'Andrew, son oncle, le propre frère de mon mari, abusait d'elle. Comment avais-je pu l'ignorer, ne rien voir durant tous ces mois ? Jamais je ne me le pardonnerai. Je suis persuadé que c'est pour ça qu'Andrew est revenu. Pour m'avertir… Mon beau-frère n'a pas nié les faits. Il a été condamné à dix ans de prison… Il ne touchera plus jamais Abigale… Maintenant, Andrew peut reposer en paix. »

NOTE DE WOLFGANG FÜSSLI

… esprits éclairés s'en tiennent à une prudente réserve : les projections thérianthropiques, d'après, eux, sont sujettes à caution si elles ne sont visibles que « sous influence ». On peut s'interroger sur leur réalité physique. Je tiens, pour ma part, ces projections pour authentiques, et serais enclin à y déceler un facteur génétique prédisposant certains membres d'une tribu à partager une « aptitude » naturelle à la transformation, aptitude d'autant plus remarquable qu'elle serait maîtrisée. En d'autres termes, les thérianthropes issus de communautés tribales seraient les seuls exemples connus de sujets « fédérés ». J'ai, personnellement, d'autres lumières sur le sujet, acquises dans certains cas par la fréquentation d'informateurs totalement étrangers à la communauté scientifique, ou parascientifique.

Photographie prise par Mme Justinia D., Salem, Oregon, août 1989.

L'étude des phénomènes métanaturels a parfois justifié des horreurs qui mériteraient d'être qualifiées de crimes contre l'humanité et jugées comme telles. Il est toutefois très improbable que l'on fasse un jour le procès de ceux qui ont commandité et exécuté ces crimes. Dans l'ancienne Union Soviétique, le grand ordonnateur de ce que Wolfgang Füssli qualifiait de « vivisection insensée » s'appelait Vitaly Adamenko. Nous avons déjà croisé ce personnage déplaisant, à qui nous avons donné le surnom décidément mérité de « Mengele des monstres », dans les *Carnets* consacrés aux vampires. Vaine tâche que de chercher à retracer la biographie de cet homme dont les autorités ont toujours nié l'existence. Nous ne sommes même pas sûrs qu'Adamenko soit son vrai nom, d'autant plus que cette identité a pu servi de couverture à des individus distincts. La seule chose que l'on peut affirmer, c'est qu'Adamenko n'était ni scientifique ni médecin, ou alors d'une espèce très empirique plus proche du barbier médiéval que du chirurgien moderne. Croiser de nouveau son nom au cours de nos recherches sur les loups-garous ne nous a pas surpris. Nous avions déjà subodoré que ses études ne se limitaient pas aux vampires.

5 – LE MYSTÈRE ARKADI

Durant l'été 2010, à la suite d'une exceptionnelle sécheresse, la Russie a été frappée par une série de terribles incendies. Une région a été particulièrement touchée : le district autonome des Khantys-Mansis en Sibérie occidentale. On y a dénombré plus de quatre cents incendies. Dix-huit mille hectares de forêt sont partis en fumée. Cette province, presque aussi grande que la France, mais cinquante fois moins peuplée, est économiquement essentielle pour la mère patrie, car elle fournit une grande part de la production pétrolière.

Pourquoi évoquons-nous les incendies des Khantys-Mansis ? Parce que leurs flammes ont peut-être opportunément réduit en cendres un encombrant secret : celui du village d'Arkadi. Nous ne sommes pas en mesure d'affirmer que ce village était effectivement situé dans ce territoire ; il appartient à ces endroits qui ne figurent sur aucune carte et qu'aucune route n'a jamais desservis. Nous savons toutefois qu'il se trouvait à l'est des monts Oural, à proximité d'un grand fleuve, probablement l'Ob, qui traverse les Khantys-Mansis. Kerstin Waetzel était arrivée à la même conclusion. C'est en tout cas dans cette région qu'elle chercha pendant plusieurs mois, sans succès, ce village au nom prédestiné.

Nous ne connaissons de ce village que ce que les notes éparses d'Adamenko nous ont permis d'apprendre. En 1966, il comptait trente-sept âmes. Le plus jeune habitant avait six ans (Adamenko se désolait du manque de fécondité qui le privait de nouveaux sujets d'observation et d'expérimentation), le plus âgé quatre-vingt-quatorze ans. Arkadi était coupé du monde (pas une bourgade à moins de cinquante kilomètres), ceint d'un grillage haut de six mètres cinquante, épié par trois miradors équipés de projecteurs et d'armes automatiques. De la nourriture et quelques autres biens de première nécessité étaient hebdomadairement distribués par le personnel en charge de la surveillance. Pourquoi de telles précautions ? Parce que, si l'on en croit les rapports, tous les habitants d'Arkadi étaient des lycanthropes. Depuis quand et à la suite de quelles circonstances ? Les documents ne le précisent pas. Quand Adamenko y prit ses fonctions, en 1966, le village était déjà sous le contrôle des autorités depuis au moins une dizaine d'années.

Kerstin Waetzel, grâce à l'appui des contacts russes de l'ISPM, est entrée en possession d'une petite partie des notes prises par Adamenko entre 1966 et 1968, date à laquelle on mit officiellement un terme à l'étude d'Arkadi (peut-être sous la pression du directeur du KGB Iouri Andropov qui était soucieux d'améliorer l'image de ses services, au moins auprès des autres nations).

Que devinrent le village et ses habitants ? En 1992, le nom d'Arkadi refit surface au cours du procès grand-guignolesque du pire tueur en série qu'a connu la Russie : Andreï Romanovitch Tchikatilo, surnommé le « monstre de Rostov ». Parmi ses propos décousus, il mentionna à deux reprises Arkadi, un endroit où « les gens savent au moins apprécier le goût de la chair humaine ». D'où tenait-il ce nom ? Avait-il séjourné dans ce village ? Nous ne le saurons sans doute jamais, mais cela tend à suggérer que le village d'Arkadi n'a pas été rayé de la carte en 1968.

Les incendies de l'été 2010 ont peut-être été l'occasion de rattraper cette erreur.

Le monstre de Rostov

Andreï Romanovitch Tchikatilo naquit en 1936, dans un petit village ukrainien. Son père, enrôlé dans l'armée rouge, fut capturé durant les premières années de la Seconde Guerre mondiale. Il ne revint à la maison qu'en 1949. Son fils, parfaitement endoctriné, le considéra tel un traître à la patrie. Sa mère souffrait sans doute de troubles psychiatriques. Elle racontait à son jeune fils que Stepan, le frère aîné d'Andreï, avait été enlevé et dévoré par une autre famille (des rumeurs de cannibalisme se propageaient dans ces campagnes durement frappées par la politique de Staline).

Timide, maladif, énurétique jusqu'à l'âge de vingt ans, il fut, durant son enfance et son adolescence, le souffre-douleur de ses camarades. À dix-sept ans, il brutalisa une fillette de onze ans, amie de sa sœur cadette, et réalisa qu'il ne pouvait avoir d'érection et d'orgasme que dans des rapports de violence. Il se maria néanmoins et eut deux enfants par « insémination » (il se masturbait et introduisait ensuite sa semence dans le sexe de son épouse). Il exerça le métier de professeur de russe jusqu'en 1981, date à laquelle il perdit son droit d'enseigner après plusieurs plaintes pour attouchements sexuels.

Il tua sa première victime en 1978. Une enfant de neuf ans qu'il poignarda et jeta, agonisante, dans une rivière. Le début d'une carrière jalonnée d'au moins cinquante-deux meurtres : des femmes, mais surtout de jeunes garçons et des fillettes, qu'il poignardait (se servant parfois de son couteau comme d'un substitut phallique), mutilait, énucléait, et dont il ingérait des morceaux, en particulier la langue, les seins et les parties génitales. L'enquête sur cette série de crimes sadiques ne débuta sérieusement qu'en 1985, avec la perestroïka. Il fallut encore cinq ans, et de nombreuses victimes, pour qu'elle débouchât sur l'arrestation d'Andreï Tchikatilo. Les psychiatres le déclarèrent mentalement responsable. Son procès, qui dura sept mois et fut émaillé de nombreuses interruptions causées par le comportement fantasque de Tchikatilo et les réactions violentes du public, se tint en 1992. Au terme du procès, Tchikatilo fut condamné à mort pour cinquante-deux meurtres (il en revendiquait cinquante-six) et exécuté en 1994 d'une balle dans la tête.

Tchikatilo était-il possédé par son *phantasticum* animal quand il commettait ses crimes ? Son comportement ressemblait en tout point à celui d'un prédateur. Il partait en chasse sur un territoire bien délimité. Son choix se portait sur des victimes isolées et fragilisées, des fugueurs, des sans-logis, des prostituées. Tchikatilo entraînait généralement ses victimes dans des zones boisées ou dans son antre. Il les éviscérait et dévorait les parties les plus tendres.

Nous serions tentés de dire que Tchikatilo était un loup-garou « ordinaire » qui n'avait besoin ni de revêtir une défroque de fourrure ni de se transmuter en bête pour ajouter à des pulsions indiscutablement humaines l'expression sauvage de la « folie louvière ». Il appartenait à l'espèce la plus dangereuse. Celle du lycanthrope intériorisé.

Extraits des carnets de notes d'Adamenko
Transcription française de Nadia Jablokov

7 MARS 1966

Suis arrivé à Arkadi dans la matinée avec ma secrétaire et assistante Lidiya. Conditions de logement exécrables. Il n'y a qu'un seul baraquement pour le personnel, à 300 mètres environ du village. Je dispose toutefois d'un bureau. J'obtiens pour Lidiya une chambre privée, à l'origine une étroite remise où l'on stockait de la nourriture. Quant à moi, je dormirai avec les hommes.

Dans l'après-midi, je me promène autour du village. J'inspecte le grillage. Il est très endommagé. À l'est, il y a un trou par lequel un homme pourrait facilement se glisser. Je le fais réparer. Je croise le regard de quelques habitants. Ils n'ont pas l'air très éveillé. Atmosphère morne. Deux enfants jouent sur le sol avec des bois de cerf. Penser à faire livrer des jouets.

8 MARS 1966

Les villageois ont tous été réunis à l'entrée du village. Je me présente. Quelques paroles rassurantes. Ils n'ont pas l'air hostile, moins en tout cas que leurs gardiens qui me détestent déjà. Je m'en moque.

J'échange quelques mots avec le responsable du village, un homme de quatre-vingts ans appelé Vadim. Je lui demande ce que je pourrais faire pour améliorer leur quotidien. Il me répond : « Enlever le grillage pour qu'on puisse chasser comme autrefois. » Je voudrais comprendre l'origine du mal qui les frappe. « On est maudits », me dit-il. Pourquoi ? Il hausse les épaules. « C'était il y a longtemps, on a oublié. » Il ment.

12 MARS 1966

Il n'y a pas eu de transformation depuis deux mois, ai-je appris. Demain, c'est la pleine lune. J'ai bon espoir. Lidiya a achevé son travail de mise en fiche des habitants. Elle s'est rendue plusieurs fois au village. Une femme lui a offert du thé.

13 MARS 1966

Enfin !

Les habitants se sont couchés tard, en silence, comme s'ils portaient le deuil. Le premier loup-garou, d'apparence quasiment humaine est sorti de la maison de Vadim vers minuit. Cinq personnes vivent dans cette maison. Mais je pense qu'il s'agit de Vadim en personne. J'ai fait éteindre les projecteurs. La nuit est claire et la lune brillante. Les autres l'ont rejoint. Je suis frappé par la diversité de leurs physionomies. Il est évident que Vadim est le chef de la meute. Je l'appelle « mâle alpha ». Ils n'ont pas l'air de faire attention à nous. Ils maraudent par petits groupes entre les maisons, fouillent la terre, dévorent quelques rongeurs endormis. Je me demande ce qui se passerait si l'un d'entre nous franchissait le portail. Je vais appeler Moscou. Ils doivent bien avoir quelques prisonniers de droit commun dont ils seraient heureux de se débarrasser. Vers trois heures, ils se mettent tous à hurler à la lune. C'est impressionnant. Lidiya m'avoue que ça la terrorise. Les femmes ont les nerfs si sensibles. Ils regagnent les maisons vers cinq heures. On ne reverra pas les habitants avant le milieu de la matinée.

22 MARS 1966

On nous a enfin livré le matériel que j'ai demandé. Excepté les prisonniers. Il paraît que ma demande est encore à l'étude. Où sont passés les hommes forts d'autrefois qui savaient prendre les décisions qui s'imposent ? Nous avons installé une caméra dans la maison de Vadim. « Pourquoi une caméra ? » Je lui dis sans ambages que c'est dans l'intention d'assister à sa métamorphose. Il réplique avec un sourire : « Vous n'avez qu'à venir voir en personne. » J'espère que sous sa forme lycanthropique, il ne cherchera pas à détruire la caméra, et qu'aucun loup-garou à l'extérieur ne tentera d'arracher le câble que j'ai fait préventivement suspendre à plusieurs mètres du sol.

29 MARS 1966

J'ai appris par la radio que Brejnev avait été nommé secrétaire général du Parti. Je m'en félicite.

10 AVRIL 1966

Nouvelle crise de lycanthropie, cette nuit. Stupeur en étudiant aujourd'hui les enregistrements. Nous venons, je crois, de faire une découverte majeure. On y voit Vadim qui se déshabille et glisse ses vêtements sous le lit. Il est très calme. Son petit-fils de seize ans est dans l'autre pièce. Il lui parle. Hélas, nous n'avons pas le son. Puis il s'allonge et paraît plonger dans le sommeil. Environ une demi-heure plus tard, une ombre se dessine au pied du lit. L'image, faute d'éclairage plus intense que l'astre lunaire, est d'une qualité déplorable. L'ombre grandit. Cela m'évoque la germination accélérée d'une graine. Ses contours se précisent. C'est le mâle alpha. Vadim gît toujours sur son lit. Il n'y a pas eu métamorphose. L'homme et son lycanthrope sont deux créatures distinctes !

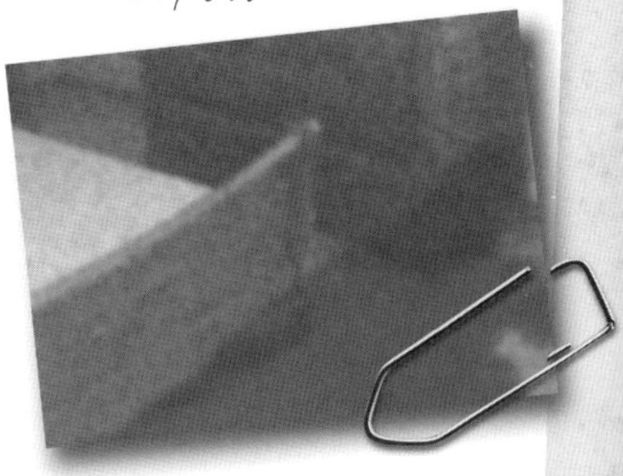

3 JUIN 1966

Courrier de mes supérieurs. Aucun prisonnier ne nous sera livré. Brejnev n'est qu'une tapette, voilà la vérité. Peu importe. J'ai une autre idée. J'ai obtenu qu'un second portail soit installé côté est et qu'il soit ouvert lors des nuits de métamorphose. « Vous allez pouvoir chasser », ai-je dit à Vadim. Il s'est contenté de sourire.

17 JUIN 1966

Je continuerai à employer le terme de métamorphose. Étymologiquement parlant, il n'est pas erroné.

19 JUIN 1966

Nouvelle nuit de métamorphose. Toute la meute s'échappe par le portail Est sous l'œil inquiet des soldats. Le village est désert, et j'en profite pour visiter les maisons. J'y trouve les habitants plongés dans un profond sommeil, allongés nus sur leurs paillasses. Problème. Deux manquent à l'appel. Une jeune femme de vingt-trois ans et un homme de quarante-sept ans. Comment l'expliquer ? Se pourrait-il que dans leur cas, il y ait eu véritablement transformation ? Vers deux heures du matin, nous entendons les hurlements de la meute dans la forêt, à une dizaine de kilomètres d'après l'un des soldats, un certain Lubim, qui est un excellent pisteur et chasseur. J'essaye de réveiller l'un des habitants. Sans y parvenir. J'entaille sa cuisse avec un scalpel. Lidiya lui fait un bandage pour qu'il ne se vide pas de son sang.

20 JUIN 1966

Tous les habitants ont regagné leurs maisons. Je convoque l'homme que j'ai blessé durant la nuit pour l'examiner. L'entaille est presque cicatrisée. J'en conclus que la dissipation du double lycanthrope régénère le corps. Comme cet homme n'a pas l'air trop abruti, je lui montre les enregistrements réalisés dans la maison de Vadim. Il refuse obstinément de croire à ce qu'il voit. Il m'affirme qu'il se change physiquement en loup (il appartient à la catégorie 5 de la taxinomie que j'ai établie), qu'il en conserve parfaitement le souvenir et que ces images ne signifient rien. Je n'insiste pas.

Lubim remonte la piste de la meute à travers la forêt. Il revient à la nuit tombée. Il m'informe que la meute s'est éloignée d'environ 15 kilomètres du village, qu'elle s'est divisée en deux groupes. Il a trouvé plusieurs cadavres d'animaux affreusement déchiquetés.

J'aimerais pouvoir assister à leur chasse.

25 JUILLET 1966

Le rôle de la lune dans le déclenchement de la métamorphose collective me semble de plus en plus secondaire. Vadim prétend le contraire, pourtant. Cette nuit, j'ai fait tirer sur les lycanthropes quand ils franchissaient le portail. L'un d'eux, un mâle de catégorie 3, est tombé, touché en pleine tête. Les autres ont continué leur course à travers les bois. Sur les corps des villageois endormis, j'observe des blessures identiques à celles causées par la fusillade. Elles auront disparu à l'aube.

Le villageois (un homme d'une trentaine d'années) dont nous avons abattu le loup-garou agonise en se vidant de son sang par une énorme plaie à la tête. Le lycanthrope est porté dans mon bureau. Il dégage une forte odeur musquée. Deux soldats armés restent à mes côtés, pendant que j'entreprends, dans des conditions de fortune, son autopsie. Sa peau est épaisse et ne se laisse pas facilement entailler. Lidiya fait un malaise. Pourquoi me suis-je encombré d'une telle gourde ? Rien de notablement curieux d'un point de vue organique. Mais je ne suis pas vétérinaire. Poids : 62 kilos. Taille : 1,48 mètre. Tissu musculaire très dense. Peu de tissus graisseux. Le cerveau est d'une taille nettement supérieure à celui d'un chien. Quarante-deux dents. Le cadavre entre en putréfaction au bout de quelques heures. L'odeur est insupportable et nous oblige à le porter dehors. J'ai conservé les yeux, le cerveau, le cœur et le foie dans du formol. J'enverrai tout ça pour analyse à Moscou.

17 OCTOBRE 1966

Grâce à Lubim, nous connaissons maintenant les chemins empruntés par la meute lors de ses chasses et nous avons disposé dans les arbres plusieurs postes d'observation.

26 NOVEMBRE 1966

Vives tensions entre le mâle et celle qui mérite dorénavant l'appellation de femelle alpha. Le mâle semble la craindre. Elle est l'individu le plus rapide, le plus fort et le plus féroce de la meute. Je l'ai vue mettre en bouillie un cerf en quelques secondes.

17 MARS 1967

J'ai injecté du cyanure à une vieille femme endormie. La mort est survenue au bout d'une minute environ. D'après les observateurs, au même moment, son loup-garou s'effondrait sans raison apparente.

19 MARS 1967

Hypothèse concernant les deux villageois qui manquent à l'appel lors des nuits de métamorphose. Tous deux sont des loups-garous de catégorie 4, bien plus imposants qu'un être humain. Se pourrait-il alors que leur corps se trouve comme englobé dans leur double lycanthropique ? À la prochaine occasion, j'en ferai abattre un et procéderai à son autopsie.

29 MARS 1967

Un drame est survenu. En voulant abattre l'un des loups-garous désignés, un soldat a été massacré par six ou sept membres de la meute. Deux heures ont été nécessaires pour ramasser tous les morceaux. Il paraît qu'il était marié et père de quatre enfants. Une décoration posthume et une rente à vie devraient suffire à obtenir le silence de sa famille.

6 MAI 1967

L'ennui s'est installé. Il n'y a plus eu de métamorphose depuis le mois de mars. Je soupçonne Vadim d'en avoir décidé ainsi. Il possède un ascendant particulier sur le groupe. Peut-être devrais-je le faire abattre ?

12 MAI 1967

Révolte dans le village. Les habitants nous ont jeté des pierres et ont essayé d'ouvrir le portail est. J'ai fait tirer en l'air. Hier un soldat a violé une jeune femme, dans une cabane à l'écart des maisons. Crétin ! Tu viens de signer ton arrêt de mort. Je parle à Vadim. Je conviens avec lui d'un arrangement. Qu'ils partent chasser et je ferai en sorte que le coupable soit leur proie. Il accepte.

17 MAI 1967

Signes annonciateurs d'une métamorphose. Atmosphère lourde. Silence pesant. Et regard entendu de Vadim. Nous avons lâché le soldat au crépuscule, dans la forêt, à une quinzaine de kilomètres du village. Il nous a suppliés un moment, puis il a détalé. Même moi, je peux sentir l'odeur de sa peur. Il n'a aucune chance.

La chasse est semble-t-il dirigée par la femelle alpha. Le mâle alpha reste à l'écart. D'après ce que rapportent les guetteurs, la meute joue avec sa proie avant de le mettre à mort et de le dévorer presque entièrement. La femelle alpha s'approprie les parties génitales.

18 MAI 1967

Deux demandes de mutation m'attendent sur mon bureau. Mutation. Le terme est amusant. Je les mets de côté. Je sais à présent comment composer avec les déserteurs.

28 JUILLET 1967

J'organise la capture d'un loup-garou à l'aide d'un filet dont on se sert pour attraper les ours. Dans la manœuvre, l'un des soldats se fait arracher le bras par la femelle alpha. Il succombe durant la nuit. Nous parvenons toutefois à capturer un lycanthrope de catégorie 1. L'un des enfants, il me semble. Cela me désole un peu. Il est apporté dans mon bureau, les pattes entravées et la gueule muselée. Diverses expériences avec des aiguilles et des injections de nitrate d'argent. Je note une sensibilité nerveuse accrue lorsque j'utilise de l'argent. La chair piquée a tendance à se nécroser autour de la blessure. Le nitrate d'argent provoque des œdèmes sous-cutanés. Cela semble accréditer les légendes au sujet de l'argent. Vers deux heures du matin, la meute est aperçue à proximité du village. Le mâle alpha gronde des menaces. Je décide de faire relâcher le jeune loup-garou. Il est très faible. Le lendemain, nous devons faire hospitaliser d'urgence son jumeau humain, un garçonnet de six ans qui souffre de symptômes semblables à ceux observés lors d'un choc anaphylactique. J'apprends plus tard avec soulagement que sa vie n'est pas en danger. Je rends visite à ses parents pour leur annoncer la nouvelle. Sa mère me dit qu'elle aura grand plaisir à dévider mes intestins. Je n'en doute pas.

12 NOVEMBRE 1967

J'ai enfin l'occasion de pratiquer l'autopsie d'un des deux sujets atypiques. La femelle. Confirmation de mon hypothèse. Sous la peau du loup se cache un corps humain. Je note des déformations osseuses qui évoquent une acromégalie galopante. C'est particulièrement notable au niveau des pieds, des mains et des os crâniens. Une incroyable découverte.

Un jour, on donnera mon nom à une université ou à une avenue.

24 AVRIL 1968

Les ordres de mes supérieurs sont tombés. Fin de l'expérience Arkadi. Il me faut plier bagage. On ne me précise pas ce que je dois faire des villageois. Depuis la mort de Vadim, le mois dernier, c'est la femelle alpha qui dirige la communauté et la meute. Elle est extrêmement dangereuse. Je ne sais pas quelle décision prendre. Je consulte Lidiya. C'est dire si je suis dans l'expectative.

6 – MÉTAMORPHOSE, NAISSANCE DU *PHANTASTICUM*

Abjectes, reflets d'une personnalité psychopathologique dénuée de la plus élémentaire compassion, les expériences d'Adamenko tendent néanmoins à confirmer l'hypothèse de Kerstin Waetzel. Le lycanthrope serait un double animal et non un humain transformé en être hybride. Adamenko dit ne voir aucune contradiction dans l'emploi du mot « métamorphose » pour décrire ce phénomène de dédoublement, et nous pouvons, sur ce point, le suivre. Étymologiquement ce mot signifie « au-delà de la forme », et le *phantasticum* est bien un « au-delà de la forme ».

Une fois de plus, nous constatons que s'il y a dissociation physique, l'esprit, lui, est en partie prisonnier du double animal. L'individu refuse de croire à cette dissociation. Il est le loup-garou et non le corps comateux qui repose sur le lit. Comment se fait-il que le lycanthrope n'attaque pas cette proie endormie et semble même ignorer sa présence ? Il pèse sur l'autoscopie (c'est-à-dire le fait de voir son propre double) une espèce de tabou psychique. C'est en quelque sorte l'inceste absolu, inassouvissable sous peine d'anéantissement. Dans les traditions populaires, croiser son double est synonyme de mort. Chez les peuples nordiques, la *fylgja* apparaît à l'homme, souvent en rêve, lorsque celui-ci est arrivé au terme de sa vie.

Autre question que ne manquera pas de se poser un esprit rationnel : de quelle matière est constitué le *phantasticum* ? Les pseudo-autopsies pratiquées par Adamenko semblent confirmer que cette matière s'organise de manière biologiquement viable. De la fourrure, de la peau, de la chair, du sang, des os, et les organes nécessaires à la vie. Hélas, on ignore ce que sont devenus les cadavres des malheureuses créatures assassinées par Adamenko et des échantillons prélevés pour analyse.

Nous connaissons un autre phénomène de création *ex nihilo* de matière : l'ectoplasme que sont parfois capables d'engendrer les médiums. Cette substance semi-matérielle puisée dans « le fluide universel qui joue le rôle d'intermédiaire entre l'esprit et la matière proprement dite », qu'Allan Kardec, grand théoricien du spiritisme, appelle « périsprit », pourrait, dans le cas des loups-garous, se constituer, s'organiser d'une façon plus tangible et plus sophistiquée.

Si l'on en croit Adamenko, il est possible que cette matière, plutôt que de s'agréger à côté du corps, l'englobe comme une sorte de scaphandre de chair, rapprochant la métamorphose lycanthropique de l'image traditionnelle que nous nous en faisons. Il est dit parfois que le loup-garou, à l'état d'homme, cache sous sa peau le pelage de la bête. Cette légende découle peut-être de l'observation inverse : une peau d'homme sous celle de la bête.

Outre le lien psychique entre l'individu et son double animal, il existe un lien physique. Les blessures de l'un se répercutent sur le corps de l'autre. Dans sa dissolution, le double lycanthropique semble posséder un pouvoir régénérateur ; nous ignorons jusqu'à quel point.

D'après Kerstin Waetzel, et bien que cela n'ait pas été observé à Arkadi, la mort de l'individu n'impliquerait pas nécessairement celle du loup-garou. Il se pourrait ainsi qu'il existe des loups-garous ayant perdu tout lien aussi bien physique que psychique avec la personne qui leur a donné naissance, des loups-garous condamnés indéfiniment à rester des bêtes monstrueuses. De telles créatures, prenant parfois d'autres aspects zooanthropiques que celui du loup, pourraient être à l'origine des légendes comme celle du yéti, du sasquatch ou du mapinguari brésilien.

7 – LES AGENTS DE LA MÉTAMORPHOSE

L'imagerie populaire a imposé l'idée que la pleine lune serait le principal déclencheur de la métamorphose. De nombreux témoignages tendent pourtant à prouver que des lycanthropes peuvent se métamorphoser à d'autres moments du cycle lunaire. Par ailleurs, les récits les plus anciens concernant les loups-garous ne font aucune mention de la lune. Ce thème ne commence à apparaître qu'au Moyen Âge.

Il est indéniable que toutes les métamorphoses ont lieu après le coucher du soleil. Personne n'a jamais observé de loup-garou diurne (mais nous n'avons pas l'assurance que cela soit impossible). On sait fort bien que la baisse de luminosité augmente la sécrétion de mélatonine, appelée aussi hormone du sommeil. La mélatonine accroît également la libido. Cette hormone faciliterait-elle l'émergence du *phantasticum* animal ?

Si la pleine lune n'est pas l'agent privilégié de la métamorphose, il semble cependant que l'astre lunaire joue un rôle dans ces mécanismes. Statistiquement, le lien entre cycle lunaire et comportements criminels, accidents, accouchements, est un mythe. S'il y a influence, celle-ci serait de nature plus symbolique que biochimique. Un état particulier de l'astre lunaire (pleine lune, nouvelle lune, lune rousse, éclipse) pourrait favoriser chez un sujet le désir inconscient de métamorphose lycanthropique et avoir, d'autre part, une répercussion sur le degré d'animalité d'une telle métamorphose. Ce désir inconscient (mais jusqu'à quel point ?) apparaît à plusieurs reprises dans les notes d'Adamenko. La communauté d'Arkadi sous la houlette de son « chef de meute » semble capable, dans une certaine mesure, de décider du moment de la métamorphose, de l'empêcher ou au contraire de la provoquer.

La pleine lune serait pour le lycanthrope comme une prophétie autoréalisée, c'est-à-dire « une assertion qui induit des comportements de nature à la valider » (cf. Jean-François Staszak). En d'autres termes : « Je sais qu'aujourd'hui est nuit de pleine lune, donc je deviens loup-garou. » Le témoignage qui suit en donne une bonne illustration.

Témoignage de Kevin W., 22 ans, sans emploi, recueilli le 12 février 1993 par Kerstin Waetzel

C'est vrai qu'au début, j'ai été fasciné par la lune. Un œil dans le ciel, une bête qui me regardait. Ça me terrorisait et ça m'excitait aussi, ça me donnait une putain d'envie de mordre. Ouais, j'avais envie de la bouffer, cette lune, blafarde, juteuse, tu vois.
Tout gosse, j'avais vu ces vieux films, tu sais, avec la pleine lune qui apparaît entre deux nuages et un loup solitaire qui hurle. Je me disais du coup, tiens, c'est le bon moment pour lâcher la bête. C'est classe, tu vois. Je suis Lon Chaney Junior. Genre... Peu à peu, j'ai compris que c'était pas le bon plan. Surtout après que je me suis pris du plomb dans le cul. Quand la lune est pleine, tu peux pas te cacher, c'est comme si tu te baladais sous un lampadaire, quoi. Non, maintenant, je fais ça aux solstices. C'est depuis que je suis allé au Burning Man, en 88. Le new age, la Wicca, tous ces trucs-là, je trouve que ça le fait grave.

III – Physiologie et cas particuliers

1 – APPARENCE, LOCOMOTION ET INTELLIGENCE

Adamenko distingue huit catégories de zooanthropie, huit apparences qui déterminent également le type de locomotion et le comportement. Cette vision synthétique du lycanthrope a ses limites, en particulier en ce qui concerne le comportement et l'intelligence supposés qui sont certainement plus variés et fluctuants que le suggère Adamenko.

Catégorie 1 :

Le lycanthrope a en tout point l'apparence d'un loup. En général, cette apparence correspond à celle de l'espèce la plus commune dans l'aire géographique du lycanthrope (loup gris commun en Eurasie).

Locomotion : quadrupédie. Vitesse de pointe : 50 km/h.

Intelligence : comparable à celle d'un loup.

Dangerosité : faible (évitera de croiser le chemin des humains).

Catégorie 2 :

Le lycanthrope a l'apparence d'un loup, mais est exceptionnel par sa taille, par la couleur de son pelage ou de ses yeux.

Locomotion : quadrupédie. Vitesse de pointe : 60 km/h.

Intelligence : proche de celle d'un loup. Est capable de ruse et d'une bonne appréciation du danger. Plus difficile à piéger qu'un lycanthrope de catégorie 1.

Dangerosité : moyenne.

Catégorie 3 :

Similaire au lycanthrope de catégorie 2, mais se tenant fréquemment sur deux pattes.

Locomotion : bipédie et quadrupédie. Vitesse de pointe : 70 km/h.

Intelligence : comparable à celle d'un chien accoutumé à l'homme. Peut, par exemple, ouvrir une porte.

Dangerosité : forte.

Catégorie 4 :

Le lycanthrope adopte une posture humaine. Il ne peut être confondu avec un loup. Le cou et les « pattes arrières » sont plus longs, les oreilles, la gueule et la queue généralement plus courtes. Certains lycanthropes de rang 4 peuvent mesurer plus de 2,50 mètres.

Locomotion : bipédie, quadrupédie réservée à la course. Vitesse de pointe : 80 km/h.

Intelligence : supérieure à celle d'un chien dressé. Il reconnaît certains objets, tel un fusil, est capable d'actionner des dispositifs simples. Ses vocalises animales se distinguent de celles des loups, bien qu'elles semblent être comprises par ces derniers.

Dangerosité : extrême. Le lycanthrope de catégorie 4 est un « superprédateur ».

Catégorie 5 :

Le lycanthrope ressemble à un humain animalisé. Son pelage est moins dru, les caractéristiques humaines plus marquées. Membres supérieurs plus longs. L'appui des membres inférieurs n'est plus seulement porté sur les phalanges, mais aussi sur les tarses et métatarses. Ses yeux étant plus rapprochés, son champ de vision est réduit par rapport à celui des lycanthropes des degrés inférieurs. La queue se limite à un prolongement cartilagineux de la colonne et ne dépasse pas un dixième de la taille du lycanthrope.

Locomotion : bipédie exclusivement. Vitesse de pointe : 60 km/h.

Intelligence : difficile à évaluer. Le lycanthrope de catégorie 5, bien que dominé par ses instincts, reconnaîtra un visage familier ou une voix.

Dangerosité : forte.

Catégorie 6 :

La silhouette générale est celle d'un homme. Les métacarpes sont toutefois plus longs, les ongles plus durs et saillants. Le pelage est épars (nombreuses variations d'un individu à l'autre). La peau est plus épaisse et d'une complexion foncée. Le visage est prognathe, le nez épaté. Nombre de dents variable, mais toujours inférieur aux quarante-deux dents que l'on observe systématiquement chez les lycanthropes de degré inférieur. Les canines sont moins pointues et saillantes. Elles rappellent celles des vampires. Absence de queue ou queue réduite à un os caudal hypertrophié.

Locomotion : bipédie. Vitesse de pointe : 50 km/h.

Intelligence : Proche de celle d'un homme. Le lycanthrope de catégorie 6 se laisse moins facilement dominer par ses instincts prédateurs. Il est doué de parole, même si cela se limite à des phrases simples. Il n'en reste pas moins dangereux, la bête pouvant prendre à tout instant le pas sur l'humain. Grande instabilité comportementale.

Dangerosité : moyenne.

Catégorie 7 :

Peu de caractéristiques animales, à part une peau épaisse, une pilosité plus fournie, des canines pointues et une masse musculaire plus importante que celle d'un humain moyen. Le lycanthrope de catégorie 7 semble cependant capable de se manifester sous une forme de catégorie inférieure, tout en conservant une part de son intelligence propre.

Locomotion : bipédie. Vitesse de pointe : 40 km/h.

Intelligence : similaire à celle d'un lycanthrope de catégorie 6. Comportement toutefois moins instable.

Dangerosité : impossible à estimer, car dépendant plus de la part humaine que de la part animale du lycanthrope.

Catégorie 8 :

Cette catégorie est hypothétique, elle n'a jamais été observée ni dans la communauté d'Arkadi, ni dans les témoignages qui nous ont été rapportés. Caractéristiques animales discrètes, voire absentes. Un lycanthrope de catégorie 8 pourra sans peine passer pour un être humain.

Locomotion : bipédie. Vitesse de pointe : inconnue.

Intelligence : humaine. Capable cependant de communiquer avec ses semblables et d'être reconnu comme tel par ces derniers.

Dangerosité : impossible à estimer, car dépendant exclusivement de la part humaine du lycanthrope.

Selon les conclusions d'Adamenko, la catégorie du lycanthrope dépendrait, entre autres, de l'âge de l'individu, et pourrait donc évoluer dans le temps (un enfant dont la forme lycanthropique serait de catégorie 1 se transformerait à l'adolescence en un lycanthrope de catégorie 2 ou 3). Les informations dont nous disposons ne nous permettent pas de confirmer cette hypothèse. Il semble en revanche établi que des phénomènes lunaires particuliers exercent une influence sur l'aspect du loup-garou. Les éclipses de lune auraient un effet régressif, tandis qu'une lune rousse ferait évoluer le lycanthrope vers une catégorie supérieure.

Les différentes catégories de lycanthropes observées à Arkadi

Sur 37 habitants :

– 9 appartenaient à la catégorie 1, en particulier les plus jeunes individus. Leur apparence était celle d'un loup d'Europe (canis lupus lupus).

– 5 appartenaient à la catégorie 2. Deux d'entre eux étaient d'une taille exceptionnelle (poids supérieur à 50 kilos). L'un avait le pelage blanc. Les deux derniers étaient pourvus d'yeux morphologiquement proches de ceux d'un humain.

– 7 appartenaient à la catégorie 3.

– 8 appartenaient à la catégorie 4. L'un était en particulier remarquable par sa taille (environ 2,40 mètres) : une femelle, appelée par Adamenko « femelle alpha ».

– 5 appartenaient à la catégorie 5.

– 2 appartenaient à la catégorie 6.

– Un seul individu appartenait à la catégorie 7 : Vadim, le « mâle alpha » qui, sous sa forme humaine, était l'un des doyens de la communauté.

2 – ÉTHOLOGIE DU LYCANTHROPE

Le lycanthrope est généralement un solitaire qui cherche avant tout refuge dans des zones naturelles peu fréquentées par l'homme. Mais il est, à l'instar du loup, une créature sociale, et quand l'occasion se présente, des lycanthropes peuvent se regrouper en communautés, sous leur forme humaine, ou en meute, sous leur forme animale. L'exemple d'Arkadi, comme nous le verrons par la suite, n'est pas un cas isolé (même si, par son ampleur, il reste unique). Ces meutes constituent une bien plus grande menace pour les êtres humains que les individus isolés à qui l'on impute un faible nombre de victimes. Elles sont néanmoins, et pour des questions pratiques, en grand danger de disparition aujourd'hui (voir à ce sujet le courrier du professeur Henkel, dans la partie IV de notre ouvrage, page 105).

En meute, les loups-garous ont un comportement social très proche de celui du loup. Des rapports hiérarchiques s'instaurent autour d'un mâle et/ou d'une femelle dominant(e) ; soit les individus les plus « intelligents » (comprenez, qui disposent d'une intelligence proche de celle d'un être humain), soit les plus forts (souvent un lycanthrope de catégorie 4 selon la classification d'Adamenko). La meute est très soudée. La chasse se fait en commun. Elle n'a pas pour but premier de s'alimenter. On ne verra que très rarement un lycanthrope consommer des petits mammifères, des insectes ou des baies comme le font parfois les loups. Les constatations de terrain montrent que la chair des proies (animales et humaines) n'est que partiellement consommée. Elle est d'ailleurs parfois recrachée. Il s'agit plus d'un simulacre de repas. La chasse, la mise à mort et, souvent, la mise en pièces de proies ont pour la meute une dimension que nous oserions qualifier de ludique. Elle s'accompagne d'une exaltation, d'une frénésie qui ne trouve son apaisement que dans le massacre.

Des témoins disent avoir vu des loups-garous s'accoupler (entre individus « alpha »). Nous supposons qu'il s'agit là encore d'un mimétisme comportemental ou d'une manière d'asseoir l'autorité sur le reste de la meute, plutôt que d'une véritable recherche de procréation.

De tels accouplements peuvent-ils se répercuter sur la forme humaine du loup-garou, comme on l'observe dans le cas de blessures ?

Dans ce domaine, nous ne pouvons que nous en tenir à des conjectures. En tout cas, à Arkadi, les enfants des habitants étaient également des lycanthropes.

La communication entre les individus constituant la meute est comparable à celle observée chez les loups. Une grande richesse de vocalises : hurlements pour rassembler la meute ou se manifester à elle, gémissements pour prévenir d'un danger, jappements, grognements, parfois usage de mots simples par les lycanthropes de catégorie supérieure. Une grande richesse, également, d'attitudes et d'expressions qu'un chasseur de loups-garous se doit de connaître. Un individu au regard fixe, aux babines retroussées, au pelage hérissé, est prêt à passer à l'attaque. Un autre avec les oreilles pendantes, le front plissé et les dents dissimulées exprime plutôt sa crainte ou sa placidité face à l'humain. Le marquage urinaire semble également être pratiqué par les loups-garous.

Le territoire de chasse d'une meute de lycanthropes est moins vaste que celui d'une meute de loups. La raison en est simplement que les garous ont besoin de se rapprocher de leur corps d'origine avant l'aube (ils peuvent toutefois parcourir plus de 80 kilomètres en une nuit). Que se passe-t-il si un loup-garou ne rentre pas au bercail avant le lever du soleil ? Nous l'ignorons. Il est possible que le *phantasticum* se dissolve de lui-même, mais au prix de répercussions délétères sur le corps d'origine. Un traumatisme psychique ? Un trauma physique ? Adamenko n'a sans doute pas résisté à l'envie d'étudier ces conséquences. Nous ne disposons pas, hélas, des pages de son carnet qui concernent cette expérience.

3 – L'HOMME FACE AU LYCANTHROPE

Le danger représenté par un lycanthrope pour un être humain est indéniable. Nous avons déjà eu l'occasion de le dire : ce n'est pas le loup qu'il faut redouter, animal prudent et craintif, mais l'homme et ses pulsions. Le comportement d'un lycanthrope face à un humain dépendra des circonstances, de la catégorie à laquelle appartient la créature et sans doute de la personnalité de sa forme humaine. Au cours d'une chasse, l'humain sera considéré, au mieux telle une proie parmi d'autres, bien souvent telle une proie de choix, la plus excitante, la plus intéressante à traquer et à tuer.

Un humain désigné comme proie par une meute ou un loup-garou solitaire n'a que peu de chances de survivre. Certains lycanthropes peuvent atteindre des vitesses de pointe dépassant 80 kilomètres à l'heure, et sur de longues distances. Leur agilité et leur force sont phénoménales. Ce sont, pour la plupart de bons grimpeurs (excepté les loups-garous de catégorie 1 et 2 qui n'ont en ce domaine pas plus d'aptitude qu'un loup ordinaire) et d'excellents nageurs. Leur odorat est cent fois supérieur à celui d'un homme et leur ouïe est également d'une grande finesse. Un lycanthrope de catégorie 4 possède des griffes capables de trancher net une tête, et ses mâchoires peuvent exercer, si l'on se fie aux empreintes dentaires laissées sur des cadavres, une pression dépassant 1300 kg/cm², soit plus que celles d'un crocodile du Nil qui, dans le règne animal, possède les mâchoires les plus puissantes. Les lycanthropes montrent une résistance singulière à la douleur, à la perte de sang, et une capacité à la régénération rapide des tissus. Par ailleurs, ils disposent en général d'une intelligence qui, alliée à l'instinct, leur permet d'éviter les pièges ou de prévenir les embuscades. On en a même vu désarmer un agresseur et retourner l'arme contre celui-ci.

Tous les loups-garous ne sont pas des tueurs d'hommes, tant s'en faut. Certains semblent conserver un résidu de conscience humaine. Cependant, il n'existe pas de loup-garou « apprivoisé ». Même une créature de catégorie 7, apparemment calme, douée de parole, peut soudain, sans raison apparente, entrer en furie et arracher la gorge de son interlocuteur.

Il n'y a qu'une attitude raisonnable à adopter face à un loup-garou : mettre entre vous et lui le plus de distance possible.

NUMÉRO ATOMIQUE 47

L'idée selon laquelle l'argent est un métal néfaste aux loups-garous paraît à première vue d'invention récente. Elle a été fréquemment reprise au cinéma (dans les films, seules des balles en argent, si possible bénites, viennent à bout des monstres). Les expériences d'Adamenko semblent pourtant démontrer une certaine sensibilité à ce métal. Que faut-il en penser ? Pour les alchimistes, l'argent est associé à la lune. Il est, à l'inverse de l'or, un principe féminin, froid et humide. On dit qu'il ne peut être ensorcelé et qu'il préserve son porteur des maléfices. L'argent étant lié à l'astre lunaire, on peut s'étonner de ses effets délétères sur les lycanthropes. À des doses modérées, l'argent est faiblement toxique pour l'être humain. L'affection provoquée par un surdosage s'appelle argyrisme. Elle se caractérise par une coloration bleutée de la peau et des yeux, et peut induire de graves lésions cérébrales, des crises de convulsion et finalement la mort. Cependant, on voit mal comment une balle en argent pourrait intoxiquer à ce point un organisme. La seule hypothèse « raisonnable » est que ce métal agit sur le lycanthrope comme un placebo en négatif. Les effets de l'argent seraient psychosomatiques.

4 – PATHOLOGIES PHYSIQUES

Il existe diverses maladies évoquant plus ou moins des métamorphoses lycanthropiques. Au cours des siècles, on l'a vu, de nombreuses personnes ont été accusées à tort de lycanthropie parce qu'elles souffraient de maladies mentales. Dans ces derniers cas, il est parfois difficile de distinguer l'affection psychiatrique proprement dite de ce que Kerstin Waetzel appelle « la lycanthropie intériorisée », et qui serait une manifestation discrète du *phantasticum*, sous une forme sans corporéité qui resterait circonscrite à la seule psyché. Mais des anomalies organiques, physionomie « bestiale » ou affections orphelines, peuvent également être incriminées.

L'hypertrichose est un dérèglement hormonal, très rare, qui se caractérise par un excès de pilosité sur le corps et le visage. Les personnes atteintes de cette maladie ont fait les beaux jours des spectacles de foire, souvent sous l'appellation d'hommes et de femmes-chiens.

La porphyrie est une maladie généralement congénitale qui se caractérise par une accumulation de porphyrine, molécule qui joue un rôle essentiel dans la fixation de l'oxygène par les globules rouges. Ses symptômes sont : une coloration des dents et des ongles, une croissance accélérée des cheveux, une forte photosensibilité, une dépigmentation de l'épiderme, des lésions cutanées qui peuvent mettre l'os à nu, des troubles mentaux. Les personnes atteintes par cette rare maladie ont autrefois été soupçonnées de vampirisme ou de lycanthropie.

La rage est une maladie virale qui touche en premier lieu les mammifères carnivores, dont l'homme, le chien et le loup. Chez l'homme, elle se caractérise par des troubles comportementaux, insomnies, hallucinations, anxiété, hydrophobie (une peur irraisonnée des liquides), ainsi que par une hypersalivation, des difficultés à déglutir, des douleurs cutanées, etc. Quand les premiers symptômes apparaissent, l'affection se solde presque toujours par la mort. Chez les animaux comme le chien et le loup, on observe une agressivité accrue et un désir irrépressible de mordre tout ce qui passe à leur portée. Le docteur William Meister, membre de l'ISPM et grand pourfendeur des thèses de Waetzel, défend l'idée que la lycanthropie puisse être causée par une souche inconnue de lyssavirus, le virus de la rage. Cependant, aucun virus de ce type n'a été trouvé dans les quelques échantillons (de source douteuse, reconnaissons-le) étudiés par l'ISPM.

Les substances hallucinogènes, comme l'ergot de seigle, peuvent provoquer des délires pendant lesquels le sujet a l'impression de devenir un animal. Ce fut le cas en 1951, lorsque toute la population d'un village français fut intoxiquée par cette moisissure contenue dans le pain qu'ils avaient consommé (c'est du moins l'hypothèse qui fut alors avancée). Une intoxication similaire aurait provoqué en 994 (en pleine période de terreur millénariste), la mort de plusieurs dizaines de milliers de personnes.

5 – PEUT-ON GUÉRIR UN LYCANTHROPE ?

Dans les traditions populaires, on mentionne de nombreux moyens, plus ou moins cruels et expéditifs, permettant de guérir un individu de sa lycanthropie. Dans la culture chrétienne, le recours à l'exorcisme est l'un d'eux. Puisque le diable est la cause du mal, il suffit de le chasser du corps et de l'âme du malheureux possédé. Un chaman peut également intercéder auprès de l'esprit animal pour l'apaiser en voyageant dans les réalités supérieures. Certaines plantes comme l'aconit ou la belladone auraient également des vertus curatives (mais on leur prête aussi le pouvoir inverse).

Kerstin Waetzel porte un regard moins optimiste sur la question : « La lycanthropie est un dérèglement métaphysique dont on ne peut être totalement guéri. Il peut, certes, y avoir rémission, mais celle-ci n'est que temporaire. La bête, provisoirement chassée, reste tapie, à l'affût, prête à se réveiller à la moindre occasion. Des lycanthropes ont cependant réussi à apprivoiser leur bête, à la tenir à l'écart quand ils la sentent rôder dans leur esprit. Mais rien ne garantit que cette laisse mentale ne se brisera pas un jour. Tel est le terrible destin du loup-garou. »

Aconitum Lycoctonum

L'aconit tue-loup est une plante de la famille des renonculacées qui pousse en altitude dans toute l'Europe. Elle est extrêmement toxique, car elle contient un alcaloïde appelé aconitine. Cette substance peut être absorbée par simple contact cutané. Deux milligrammes suffisent à tuer un homme. À plus faible dose, elle provoque une paresthésie (sensation cutanée douloureuse), une hyperhidrose (sudation excessive), une baisse de la température corporelle et de violents vomissements. On prétend que, sous forme de baume ou de potion, elle peut « *redonner visage humain* » à un lycanthrope. Nous savons que certains chasseurs de loups-garous enduisent leurs flèches d'un mélange d'aconit et de nitrate d'argent. Faute de lui redonner visage humain, ce serait un poison efficace contre un lycanthrope.

6 – CAS PARTICULIERS : HOMMES-LÉOPARDS ET AUTRES THÉRIANTROPES

« Là, gisant sur une paillasse, je trouvai le corps horriblement mutilé d'une jeune fille de quinze ans. Le cou avait été mis en charpie par les dents et les griffes d'un animal, les intestins arrachés, le bassin fracturé, une cuisse manquait. Une partie de cette cuisse, rongée jusqu'à l'os, et un morceau de tibia se trouvaient près du corps. La régularité et la netteté des blessures, la manière, presque propre, dont le foie avait été extrait du corps, ébranlèrent mes premières conclusions. Ce ne pouvait être l'œuvre d'un animal sauvage à la recherche d'une pitance. Les villageois confirmèrent mes inquiétudes. Ils m'avouèrent à mots couverts que cette nuit-là, une initiation avait eu lieu dans la forêt. Les hommes-léopards comptaient dorénavant un membre de plus. »

Extrait du journal du docteur W. Junge, en mission au Liberia durant l'année 1930.

Le léopard, ou panthère, dont il existe neuf sous-espèces, vit en Afrique et en Asie. L'animal est un chasseur discret, solitaire et exclusivement nocturne. C'est un remarquable grimpeur et nageur. Il peut courir à plus de 60 kilomètres à l'heure et bondir à une hauteur de plus de 3 mètres. Il a l'habitude de hisser ses proies dans les arbres pour les mettre à l'abri des charognards et des autres prédateurs. Dans l'ancienne Égypte, le léopard était associé au dieu Osiris, garant de l'immortalité des âmes dans le monde souterrain. En Afrique de l'Ouest, c'est un animal psychopompe qui guide l'esprit des morts dans l'au-delà et veille à ce que celui-ci ne s'en échappe pas. Il est également le symbole de la ruse sournoise, de la patience et de la force.

Les hommes-léopards ou léopards-garous font partie de la famille des ailuranthropes, des lycanthropes qui ne prennent pas l'aspect d'un loup, mais celui d'un félidé. De tels lycanthropes peuvent être rencontrés en Asie (on rapporte des cas en Chine, au Pakistan, dans le Nord de l'Inde, ainsi que dans l'Est de la Turquie), mais c'est surtout en Afrique, continent où le léopard est un animal totémique important, que ces créatures se manifestent le plus souvent.

LE LÉOPARD DE RUDRAPRAYAG.

Durant les années 1920, dans le district de Rudraprayag, au nord de l'Inde, sévit un léopard mangeur d'hommes. On lui impute, sur une période de huit ans, plus de deux cents victimes. Il attaquait la nuit les voyageurs qui parcouraient la route reliant les temples de Kedarnath et de Badrinath. Il faisait aussi des incursions dans les villages alentour, n'hésitant pas à s'introduire dans les maisons pour s'emparer de ses proies. Pour mettre un terme à ses exactions, on fit appel au chasseur de fauves Jim Corbett. Celui-ci avait déjà inscrit de nombreux tigres et léopards à son tableau de chasse, dont le fameux léopard de Panar qui aurait, quant à lui, tué près de quatre cents personnes au début du XXe siècle. Corbett traqua le léopard de Rudraprayag et parvint à l'abattre à l'automne 1925. Le léopard de Rudraprayag était-il un lycanthrope de catégorie 1 ou 2, particulièrement sanguinaire ? Le mode opératoire très audacieux de l'animal le suggère fortement. Est-il possible que Corbett ait appartenu à la confrérie de la Grande Chasse ? Il aurait en tout cas fait un candidat idéal.

La société secrète des hommes-léopards existe sans doute depuis des siècles dans toute l'Afrique de l'Ouest. Elle est particulièrement implantée au Nigeria, au Liberia, en Guinée et en Sierra Leone. Elle réunit exclusivement des hommes (mais il y aurait aussi quelques femmes dans ses rangs). Les jeunes initiés commencent par revêtir une peau de léopard et porter des griffes métalliques en guise d'arme mortelle. Durant leurs rituels nocturnes, qui impliquent parfois un sacrifice humain, ils consomment une substance appelée *borfima* dont la composition exacte est un secret bien gardé. À l'instar des *skinwalkers* américains, ils se sentent alors habités par l'esprit du léopard et s'en vont commettre des méfaits particulièrement sanglants. Il leur est demandé, pour parachever leur initiation, de tuer un membre de leur propre famille et de consommer son sang. Ils deviennent alors des lycanthropes à part entière, capables de métamorphose.

On leur impute des centaines de meurtres, ce qui fait d'eux la communauté lycanthrope certainement la plus dangereuse au monde. Quand l'un des leurs se montre un peu trop bavard, les hommes-léopards n'hésitent pas, en représailles, à massacrer sa famille. Ils agissent seuls ou bien en groupes composés d'une dizaine d'individus où se mêlent jeunes initiés sous leur forme humaine et doubles lycanthropiques. Ils sont alors menés par ce qu'ils nomment un *bati yeli*, un léopard-garou intelligent d'aspect humanoïde (de catégorie 6 ou 7 selon la classification d'Adamenko).

À la différence des loups-garous, les léopards-garous n'ont pas l'esprit de meute. Quand ils sévissent en groupe, ce n'est pas pour partager la jouissance de la chasse, mais pour mener de véritables opérations de guérilla planifiées à l'avance.

Les hommes-léopards se feraient plus discrets depuis le milieu du XXe siècle. Dans les années 1940, plusieurs de leurs sociétés furent démantelées et leurs membres exécutés par les autorités coloniales après qu'ils eurent commis des exactions à grande échelle. Ils n'ont pas disparu pour autant. Kerstin Waetzel a enquêté au Nigeria en 1992, alors que le pays était depuis presque dix ans sous le joug d'une dictature militaire. Elle indique dans son rapport à l'ISPM que beaucoup d'hommes-léopards appartiendraient à l'armée. Elle mentionne également l'existence d'un lieu de culte secret quelque part dans la jungle, près de la frontière camerounaise. L'ISPM n'a trouvé aucun volontaire pour aller enquêter sur ce mystérieux lieu de culte.

Le nagual

Dans le folklore mésoaméricain, le nagual est un humain qui possède la faculté de se transformer en animal – de la dinde au jaguar en passant par le chien ou l'âne. Seuls de rares spécialistes des pratiques chamaniques précolombiennes possèdent quelque lumière sur ces êtres mal connus, à l'émouvante étrangeté. On dit que leur date de naissance détermine en quel animal ils seront capables de se transformer. D'après la doctrine du *tonalli*, similaire par certains points à celle du totem, chaque être humain est doté d'une énergie spécifique qui le relie de façon plus ou moins magique à un animal.

Les expériences de l'ethnologue et archéologue Daniel Brinton, réalisées en 1894, sont les seules à documenter sérieusement le sujet. Brinton précise que plusieurs croyances anciennes sont toujours d'actualité aujourd'hui dans des communautés ancestrales. Les écrits de Carlos Cassandra font écho à cette théorie.

Il semble que le nagual, apparenté à un chaman, ne puisse choisir en quel animal il se transforme. Mais la plupart des sorciers ayant pratiqué l'art de la transformation, expliquent les spécialistes de l'ISPM, sont associés à des créatures puissantes, au premier rang desquelles le jaguar.

Dans le Mexique rural, des dizaines d'individus, au cours des années écoulées, ont été signalés aux autorités. Ces suspects possibles demeurent à ce jour insaisissables, sans doute à cause des rapports étroits qu'ils entretiennent avec les barons de la drogue locaux. Certains, prétendent les rumeurs, sucent le sang de leurs victimes et errent dans les steppes à la pleine lune pour perpétrer leurs rites. Les populations locales croient fermement en leur existence et l'ISPM, qui a pensé un instant avoir affaire à des vampires, semble avoir changé son fusil d'épaule. « Les naguals, écrit Urania dans une lettre à un confrère, sont tout aussi réels et dangereux que les autres thérianthropes. Leur propension au secret, au camouflage, plus exacerbée encore que chez leurs cousins, les rend insaisissables. Bizarrement, de nombreux occultistes ou spécialistes autoproclamés des sciences para ou métapsychiques, pour lesquels l'existence du lycanthrope ne fait aucun doute, remettent en cause la réalité du nagual. Ce n'est qu'une question de point de vue. Je puis vous assurer qu'au Mexique, dans les villages du moins, tout le monde ou presque croit au nagual. »

Le mokole

L'existence du crocodile-garou est régulièrement débattue au sein de l'ISPM. Si aucune preuve irréfutable n'est disponible, le faisceau de témoignages recueillis dans les années 1970 par le professeur Reynolds, crypto-zoologue détaché par l'Institut au Niger, au Zaïre et dans d'autres pays d'Afrique centrale, ne laisse guère de doutes sur sa réalité. « Ces créatures sont extrêmement rares, nous écrit Reynolds dans un mail.

Il est possible qu'elles soient éteintes aujourd'hui et, si elles ne le sont pas, j'estime leur nombre à quelques dizaines. Je connais personnellement plusieurs témoins oculaires, des personnes âgées pour la plupart, dont les récits sont dignes de foi. Le mokole est une créature solitaire attachée à son territoire et vivant tel un homme sauvage à proximité des grands lacs et cours d'eau. Ici, on le considère comme un paria, un monstre, au sens psychosocial du terme, mais personne ne songe à le tuer : crainte et superstition. »

Le mokole est une créature redoutable, qui passe le plus clair de son temps sous forme « crocodilienne ». C'est un chasseur aguerri, qui ne s'en prend à l'homme que lorsqu'il est menacé. Son apparence humaine est particulière : on évoque des hommes à larges épaules et à torse trapu, exceptionnellement doués pour la nage, et ne craignant nullement de se baigner dans des cours d'eau infestés de sauriens. Le regard d'un mokole, explique un témoin, est dénué de toute expression : c'est comme s'il passait sa vie en transe.

Le kitsune

Le renard-garou est, dans les pays orientaux, une créature aussi honorée que crainte. Les archives de l'ISPM le mentionnent régulièrement même si, là aussi, le manque d'informations est criant. Des contacts épistolaires avec des bureaux d'études parapsychiques japonais, au cours des années 1990, laissent penser que le sujet intéressait grandement l'Institut. « Hélas, explique Urania Metbach, des questions épineuses de confidentialité et d'échanges d'informations inéquitables, de notre point de vue, ont mis un terme à une collaboration qui s'annonçait fructueuse. Nous avons longtemps gardé un contact sur place, à Tokyo, puis Hong Kong, qui s'est lancé sur la trace des kitsune. Mais ce contact a disparu en 1999, après un dernier message énigmatique que je livre à votre sagacité. »

La plupart des textes d'étude auxquels se réfèrent les membres de l'ISPM décrivent des créatures animales capables de prendre forme humaine à volonté. Toutefois, cette idée a récemment été battue en brèche par les témoignages d'un institut de recherches paranormales américain, qui déclare avoir repéré une ou plusieurs créatures sur l'île d'Hawaii. Selon les rapports de cet institut, que le rapport de l'ISPM correspondant se contente de paraphraser, les kitsune posséderaient bien une origine humaine, mais passeraient un temps très important sous forme animale. Quoi qu'il en soit, la faculté de métamorphose ne semble pas aller de soi chez le kitsune, mais résulter au contraire d'un patient apprentissage pouvant s'étirer sur plusieurs années. Les femelles kitsune sont réputées pour leur libido extravagante et n'hésitent pas à capturer des humains pour s'accoupler à eux à l'occasion de rituels pseudo-dionysiaques réputés pour leur extrême violence.

Chère Urania,

Il me semble avoir enfin mis la main sur quelque chose. Une sorte de monastère, situé dans la forêt d'Aokigahara, non loin du mont Fuji – une forêt détentrice d'un triste record : celui du plus grand nombre de suicidés dans le monde après le Golden Gate de San Francisco. Forêt maudite, donc, mais qui abrite une large communauté de Japonais et Japonaises vivant reclus, à la manière d'une secte, et vénérant les esprits.

Les nombreuses disparitions signalées dans la région ne peuvent pas toutes être de mon point de vue attribuées aux suicides. Des témoignages étouffés par la presse locale évoquent d'étranges poursuites nocturnes, des créatures aux yeux dorés, perchées la nuit dans les arbres, et d'autres anecdotes proprement terrifiantes, dont il me semble prudent de vous épargner ici les détails.

Je repars demain pour la forêt, où j'ai déjà passé deux jours, et j'ai bien l'intention de pousser plus avant mes investigations concernant les kitsune.

Je pense avoir trouvé un guide dont les lumières me seront utiles. L'homme, avouons-le, est un peu réticent à l'idée de passer plusieurs nuits dans cette forêt que la plupart de ses congénères jugent maudites. J'espère que mon bon vieux rationalisme européen (vous devez rire en lisant ces lignes) saura tempérer ses craintes. Le contraire serait mauvais signe !

Je vous salue, chère Urania, et vous donne rendez-vous dans dix jours pour des nouvelles que j'espère effrayantes et fécondes.

Je reste, dans cette attente, votre dévoué

Alain P.

IV – Organisations

Contrairement aux vampires, les loups-garous ne semblent que rarement s'agglomérer par clans, tribus, ou sociétés spécifiques à une échelle mondiale, continentale ou même nationale. Des regroupements existent, on l'a vu, sous forme de meutes, mais nul spécialiste – à l'ISPM ou ailleurs – ne se hasarderait à établir une classification ferme.

Pour approfondir le sujet nous avons contacté le professeur Henkel (un prête-nom), installé à Dortmund. Anthropologue longtemps respecté par ses pairs mais désormais chahuté à cause, notamment de ses travaux sur ce qu'il appelle « la folie animale » et les pratiques occultes de certaines factions éco-terroristes, le professeur Henkel a collaboré pendant plusieurs années aux revues internes de l'ISPM, avant de se mettre en retrait. Ce qui suit est une version condensée du long courrier qui nous a été adressé par voie postale suite à nos nombreuses questions.

Chers Jérôme et Fabrice,

J'ai hésité avant de répondre à vos sollicitations. Sachez avant tout que je ne suis pas un fervent adepte des mails et autres tweets expéditifs : à la frénésie du virtuel, qui oblitère trop souvent la réflexion profonde, je préfère la patience de la plume, et son lancinant crissement sur le papier du réel.

J'espère que vous saurez me lire – le français n'est pas ma langue maternelle, même si je le pratique depuis trente ans déjà grâce à mon épouse et à sa famille. Vous pouvez, si vous le désirez, reproduire tout ou partie de cette lettre dans votre ouvrage. Ayez simplement la bonté de changer mon nom, et celui de toutes les personnes citées dans cette lettre.

Sur la question des lycanthropes, j'ai commencé à me pencher il y a une vingtaine d'années, dans le cadre d'un symposium autrichien organisé par un ami membre honoraire de plusieurs « clubs » de recherches ésotériques. Les clubs en question ont quasiment pignon sur rue et je dois dire que j'ai eu accès, grâce à cet ami, à des preuves de l'existence des lycanthropes que n'importe quel individu sensé jugerait irréfutables si elles lui étaient présentées.

Arrivés à ce point de vos recherches, vous avez, je pense, établi la tragique réalité de l'entité *phantasticum*, qui fait notamment du lycanthrope – puisque c'est lui qui vous intéresse au premier chef – non pas un homme transformé, mais une projection de l'homme. Sur les leçons qu'il convient de tirer de pareil phénomène, de nombreux mystères planent encore, et je laisse ce débat à des spécialistes plus avertis. Je n'en ai, pour ma part, d'autre connaissance que secondaire. Mais laissons cela. La lycanthropie existe : elle n'est simplement pas ce que l'on croit.

L'essentiel de vos questions portait, me semble-t-il, sur l'organisation sociale des lycanthropes dans le monde contemporain. Ma réponse sera claire : à l'exception de quelques cas particuliers (structure tribale préexistante, meute ancienne, communauté spécifique), cette organisation est en voie de délitement.

Le lycanthrope, bien souvent, est un être seul, qui se croit malade ou fou. Ses transformations l'effraient. Parfois, il les refoule ou les nie, comme on cacherait quelque pathologie honteuse. Voilà, vous en conviendrez, qui n'est guère propice au rapprochement et au partage.

Vous avez étudié les vampires, et vous savez que ces créatures sont le produit de contaminations infligées, fussent-elles consentantes. Rien de tel ici : le loup-garou naît seul, dans la plupart des cas, et c'est dans la solitude qu'il fait l'expérience de sa projection. Lorsqu'elle est assumée, ou du moins prise en charge par l'individu en personne, cette projection, aussi enivrante soit-elle, peut le conduire au meurtre, à la folie, au suicide, à l'automutilation. Le lycanthrope est repéré, mais pas par ses pairs : par la société. Il est interné, emprisonné, au pire abattu. C'est l'un des tristes changements engendrés par notre époque.

De nombreux lycanthropes, sous forme humaine, ont fait l'objet d'expériences scientifiques plus ou moins sérieuses et plus ou moins cruelles. Pour ce que j'en sais, certaines de ces expériences ont encore cours au moment où j'écris ces lignes. Elles portent aussi bien sur la nature physique de la projection que sur l'activité cérébrale du projetant. L'ISPM a pris en charge certaines de ses expériences. Sur ce point précis, vous n'avez pas besoin de moi. [...]

Dans certains cas, l'organisation tribale originelle subsiste. Vous avez, me dites-vous, évoqué ces meutes à l'ancienne. Ailleurs, la hiérarchie est plus « humaine, », notamment parce que l'entité organisationnelle accueillant les thérianthropes est antérieure à leur prise en considération : c'est le cas (ou cela a été le cas) dans certaines régions reculées d'Amazonie, d'Afrique et de Nouvelle-Guinée. La « pratique » organisée de la métamorphose s'apparente alors à un invariant tribal, généralement orchestré par le chaman ou sorcier local, et sur la nature duquel nous nous perdons en conjectures.

Néanmoins, et pour répondre à votre question, des groupements « de meutes humaines » ont régulièrement été signalés à ma sagacité, et je me permettrais de présenter quelques exemples édifiants :

[...]

En France, dans le massif alpin des Aravis non loin de Chamonix, un ancien sanatorium censément inoccupé est connu par les populations locales pour abriter une communauté de marginaux dont tout laisse à croire qu'ils sont des lycanthropes. L'un de mes plus proches collègues, le professeur Gaskell, a passé plusieurs semaines, au mitan des années 2000, avec certains membres de cette communauté. L'un des trois mails qu'il m'a envoyés à ce sujet fait mention de « marches nocturnes forcées », d'une « consommation effrénée et brutale de psychotropes » et d'étranges « rituels de désincorporation ». Une lettre plus personnelle confirme les présupposés de Gaskell : les « vagabonds de Thuriel », comme ils aiment à s'appeler, sont, au moins pour certains d'entre eux, des lycanthropes. Des expériences scientifiques librement consenties semblent leur assurer une impunité auprès des autorités locales. « Un arrangement moins rare qu'on le croit », assure Gaskell.

Dans l'Utah, non loin de la ville navajo de Kayenta – point de départ des touristes pour Monument Valley – subsiste un camp d'Indiens sécessionnistes disséminés dans les collines des alentours. Vivant pour la plupart dans des caravanes, parfois dans des grottes naturelles, la plupart de ces autochtones n'entretiennent aucun rapport avec le monde civilisé et vénèrent, d'après d'anciennes études anthropologiques, un certain « dieu du vent ». Régulièrement, on évoque à leur sujet des problèmes de bétail décimé, des voyageurs disparus, des hurlements nocturnes. Le dernier journaliste à s'être rendu sur place, un certain Ralf Gustavson, s'est évanoui dans la nature il y a quelques années. Je n'ai jamais rencontré directement de membres de cette communauté, mais j'ai lu des études médicales, réalisées dans les années 1970. Les sécessionnistes de Kayenta y sont décrits comme des êtres frustes et brutaux, vivant repliés sur eux-mêmes et enclins aux unions consanguines. On les dit aussi grands consommateurs de psychotropes, et des cas de transes avec désincorporation sont signalés. Il semble que certains de ces Indiens jouent un rôle de « gardiens » auprès des sites sacrés navajos et que, pour cette raison, les autorités locales fassent preuve d'une étrange indulgence à leur égard, malgré les exactions criminelles qu'on leur prête parfois.

En Europe de l'Est – notamment en Roumanie, Pologne, Slovénie –, une vingtaine de « meutes » ont été répertoriées par les spécialistes. Regroupés en communautés rurales, ces groupuscules, dotés d'une hiérarchie féodale soigneusement codifiée, sont ce qui se rapproche le plus d'un « clan » de loups-garous au sens où on l'entend habituellement. J'ai eu l'occasion de côtoyer certaines de ces organisations : leurs membres vivent en quasi autarcie et obéissent à un code de l'honneur très strict. Des cérémonies mensuelles, organisées selon les cycles lunaires, prennent place au sein de cairns, et voient les participants s'adonner à des danses festives et à des combats rituels. Leurs habitats sont généralement décrits dans les guides touristiques comme des zones arides, sans intérêt, ou « à éviter ». Ici comme ailleurs, les incidents de voyage et les disparitions inexpliquées ne sont pas rares.

Au sein de communautés eskimo, et dans de petits villages islandais, subsiste une myriade de groupuscules thérianthropes, forts en moyenne d'une douzaine d'individus, aux moyens de subsistance très réduits. Un rituel leur est propre, qui a été abondamment documenté dans les années 1970 : je l'appelle la « frénésie ». Autour de geysers, ou de sources sacrées, les participants se regroupent lors de bruyantes séances nocturnes, où ils dansent et se « transforment ». Des suspicions de sacrifices et d'enlèvements sont attachées à ces cérémonies, sévèrement réprimées par les autorités locales.

Sur l'île de Man, en mer d'Irlande, plusieurs cas de lycanthropie avérés ont été signalés dans les années 1980. Un documentaire filmé, *Thirsty Ways*, d'Anton Kozinsky, réalisé en 1985 mais jamais diffusé, les évoque avec force détails. On y assiste à des sacrifices de bétail, à des séances d'étranges « chants hypnotiques, » à des cas troublants de projection astrale supposée et de métempsychose. Un chaman local, connu sous le sobriquet de Black Shepherd, y décrit les métamorphoses de ses ouailles avec un impressionnant luxe de détails. Certaines séquences sont censées illustrer son propos. La mauvaise qualité de l'image, et la confusion des scènes nocturnes, les plus « frappantes » en théorie, ont valu à Kozinsky une réputation de falsificateur dont il s'est toujours, et avec véhémence, défendu. Le documentaire, quoi qu'il en soit, se termine sur l'intervention d'une force militaire, coïncidant avec l'éparpillement de la communauté. Les Fionna, ainsi que se baptisent ses descendants, se seraient retranchés aujourd'hui dans les montagnes du pays de Galles.

À Goa, et au sein d'autres communautés indiennes ou thaïlandaises, plusieurs cas de transformations ont été signalés au cours des dernières décennies. Le professeur Santini, éminent occultiste genevois, parle à leur sujet de « lycanthropie pacifique ». De nombreux clichés de rassemblements rituels montrent des Occidentaux et des habitants du cru mêlés dans une même transe, et arborant à l'occasion des caractéristiques physiques non humaines telles que : pilosité excessive, allongement manifeste du crâne, membres antérieurs hypertrophiés.

Les loups-garous nord-américains sont, de loin, les plus organisés que l'on connaisse. Hormis le cas particulier de Kayenta, signalé plus haut, leur population est structurée selon une organisation clanique aux appellations outrées, parfois régionalistes et souvent inspirées de la mythologie indienne : Kansas Fangs, Sons of the Sun, Dakota Claws, Imperial Blood, etc. Ces clans, riches de quelques dizaines de membres, fonctionnent sur des principes d'entraide mutuelle et d'études approfondies de textes ésotériques, un peu sur le modèle de certaines communautés juives. Les loups-garous américains ne souhaitent rien moins qu'attirer l'attention des autorités fédérales ou locales sur leur existence. Ce sont, dans la plupart des cas, des groupements pacifiques. Au nord du Québec, dans des régions hostiles et inoccupées, la densité de population lycanthropique atteint d'impressionnants sommets. On évoque des villages entièrement peuplés de loups-garous, vivant de la chasse, de la pêche et d'un maigre artisanat local. Là encore, et contrairement aux vampires, auxquels on les compare parfois absurdement, les thérianthropes aspirent à la paix. Leur nature n'est pas une arme, ou un signe du destin : elle est une particularité qui interroge leurs croyances, leur mode d'existence, et avec laquelle ils doivent apprendre à vivre.

H

V – Adversaires et alliés

1 - LES ENNEMIS

À l'instar de la plupart des créatures métanaturelles, les lycanthropes suscitent chez les humains « normaux » une gamme de sentiments allant de la méfiance respectueuse à une haine inextinguible propice à engendrer les pires excès de violence. Plusieurs organisations de chasseurs de vampires placent les lycanthropes sur le même plan que les non-morts, ce que tous les spécialistes de l'ISPM semblent considérer comme une erreur.

« Les lycanthropes, explique Anna Le Bihan (auteur d'une surprenante étude de fond sur le rapport des thérianthropes au monde, qui contredit en partie certaines assertions de l'Institut sur l'agressivité de ces créatures), ne considèrent pas leurs particularismes comme un signe qui les inclinerait à agir de telle ou telle façon. Ils le voient plus comme une fatalité, susceptible de leur valoir l'ire de leurs semblables, et avec laquelle il leur faut apprendre à vivre. Les persécutions dont ils sont parfois victimes leur apparaissent ainsi comme une immense injustice. De nombreux lycanthropes ne nourrissent aucun dessein pour le monde, ne considèrent pas les humains comme leurs inférieurs, et n'aspirent qu'au calme et à la discrétion. »

Cette grâce, hélas, leur est souvent refusée.

Fables et réalités

Le chapitre 3 de la partie III (page 92) évoque le comportement à adopter face à un assaillant lycanthrope : il se place évidemment du point de vue de la victime. Les « chasseurs de loups-garous », eux, adoptent un tout autre discours. Leur position est une position offensive. D'innombrables légendes, on le sait, circulent sur les moyens de neutraliser ou de tuer les lycanthropes. D'un point de vue physique, explique-t-on ici et là, tuer un loup-garou nécessite une balle d'argent, voire une balle bénite, qui doit atteindre un endroit « mortel » du corps du lycanthrope, faute de quoi ce dernier s'en tirera avec une simple blessure que ses facultés de régénération feront rapidement disparaître. Tuée par une balle sous sa forme humaine, la créature reviendra à la vie quelques heures plus tard en se « transformant ». Dès lors, il faut recourir à des méthodes plus radicales, telles que la décapitation et le feu.

Ces assertions, de notre point de vue, relèvent de la plus haute fantaisie. Mais les informations fiables restent rares.

De nombreux récits, plus ou moins dignes de foi, font état de combats farouches contre des lycanthropes : l'accent est mis sur la vivacité et la puissance redoutables de l'adversaire, combinant la ruse humaine et la force animale. Pour Ernest Schneider, qui a étudié de tels récits, le loup-garou n'a cependant rien d'invulnérable. « Le plus souvent, son apparence suffit à tétaniser son adversaire, qui en perd ses moyens et sa lucidité. Je considère pour ma part qu'un lycanthrope incarné, si tant est qu'une telle créature existe, présente le même danger qu'un ours de bonne taille : à mains nues, l'humain est démuni. Mais, équipé d'une arme à feu adéquate et d'une aptitude au tir satisfaisante, il rééquilibre les chances. »

Interrogé sur la constitution particulière de la créature, sur ses aptitudes physiques et sa rapidité proverbiale, le professeur se montre évasif, allant jusqu'à contredire certaines de ses propres affirmations. « D'un point de vue strictement scientifique, il est difficile de considérer que la masse musculaire du lycanthrope est supérieure à celle de l'humain qui lui a, en quelque sorte, donné naissance. Si le *phantasticum* n'est qu'une projection de nature spirituelle, la question ne se pose pas. Si elle est une réalité physique, le principe de conservation de la matière peut être invoqué… C'est peut-être une question de masse volumique, ou de rapport temps-matière : certains estiment que le *phantasticum* est une concentration de masse fugitive. Cette hypothèse contredisant certaines lois physiques élémentaires, je répugne à la défendre avec fermeté. Force est cependant d'admettre qu'elle répondrait à bien des questions que nous nous posons. »

Principaux antagonistes

Chasseurs solitaires, groupes d'action organisés, le lycanthrope se connaît forcément, lorsqu'il est identifié comme tel, de nombreux et farouches ennemis.

La Grande Chasse

« J'entre dans la Grande Chasse. » Ce fut par ces mots que Kerstin Waetzel conclut son dernier courrier à l'ISPM. Elle ne donna plus jamais de nouvelles ni à l'Institut ni à ses proches. Dans ses rapports antérieurs, la chercheuse avait déjà, à plusieurs reprises, mentionné la Grande Chasse, qui semble être une source de frayeur pour les loups-garous. D'après les quelques informations que nous avons réunies, La Grande Chasse ne serait pas une organisation structurée, mais une « fraternité » réunissant des chasseurs aguerris souhaitant se mesurer au plus dangereux des prédateurs, des individus hantés par un désir de vengeance à l'encontre des loups-garous, des lycanthropes ayant domestiqué leur bête intérieure et cherchant une forme de rédemption, peut-être quelques vampires voyant là l'occasion de se débarrasser de créatures pour lesquelles ils ont le plus grand mépris. Cette communauté existerait depuis des siècles. Trouve-t-elle son origine dans le Corps de la Louveterie fondé en 813 par Charlemagne et chargé de l'éradication des loups sur les terres du royaume de France ? Le régisseur de cette chasse est connu sous le nom de Grand Veneur. Il signe ses missives d'un simple « H ».

Qui se cache derrière cette initiale ? Les membres de la Grande Chasse l'ignorent sans doute eux-mêmes. Ils reçoivent des « appels à la chasse » très laconiques, indiquant seulement un lieu de rendez-vous, la nature de la proie et sa localisation probable sous forme de coordonnées géographiques. Les proies désignées par H sont des lycanthropes particulièrement nuisibles qui ont déjà attaqué des êtres humains, ou des meutes en train de se constituer. On suppose que les membres de la Grande Chasse sont également invités à recenser les activités lycanthropiques et à transmettre à H ces informations.

12/6/83
APPEL À LA CHASSE
Localisation : Norvège, 61°27'N 9°46'E
Rendez-vous : Bygdin lake. 14-15/6.
Proie : lycan solitaire, type 4, pérenne. Jugé extrêmement dangereux.
Priorité : grande.
Que Saint-Hubert vous protège.

H.

Certaines rumeurs qui courent dans les communautés de lycanthropes prétendent que « H » pourrait être l'initiale de Herne, le grand veneur du roi Richard II qui se serait pendu à la branche d'un chêne dans la forêt de Windsor, à la fin du XIVe siècle. Son fantôme, menant une invisible compagnie de chasseurs et de chiens, aurait été vu à plusieurs reprises au cours des siècles. Une créature métanaturelle (fantôme, vampire, loup-garou peut-être) à la tête de la Grande Chasse ? Cela paraît assez peu crédible. En tout cas, l'identité du Grand Veneur est un mystère.

Quelques mois avant sa disparition (son recrutement ?), Kerstin Waetzel était parvenue à s'entretenir avec un Anglais, un certain Lord B., qui prétendait faire partie de la Grande Chasse. Ce témoignage ne nous éclaire guère sur la manière dont la Grande Chasse s'organise, mais il en dit long, pensons-nous, sur le genre de personnalités qui compose cette compagnie cynégétique.

Témoignage de Lord B., recueilli par Kerstin Waetzel en 1995

J'avais cinq ans quand mon père me fit pour la première fois tenir un fusil. Je m'en souviens encore très clairement. La détonation, l'odeur de la poudre, l'animal – c'était un sanglier – qui s'abat comme foudroyé par la main divine. Je ressentis une telle exaltation, un sentiment à la fois sophistiqué, esthétique, et en même temps si primitif… Ce jour-là, je sus que je consacrerais ma vie à la chasse. J'ai tué des tigres royaux, des éléphants, des grizzlis, des gorilles… J'ai manqué bien des fois être tué à mon tour. Que serait la chasse sans le danger, sans la lutte pour sa propre survie ? J'ai troqué mes fusils pour des arcs. J'ai parfois tué à mains nues. Mon corps est marqué par les griffes et les dents. Mes proies ont laissé leurs noms dans ma chair. J'ai perdu deux doigts à la main gauche, arrachés par une panthère des neiges durant une nuit de tempête dans les montagnes du Pakistan. J'ai pourtant fini par ressentir une terrible lassitude. La chasse, ma seule raison d'être, ma seule jouissance, mon seul amour, me remplissait d'ennui. Je m'étais confronté à tous les prédateurs, dans les milieux les plus hostiles. J'avais épuisé tous les frissons que m'offrait la nature sauvage. J'ai songé plusieurs fois au suicide, m'abandonner, me laisser dévorer, seul, loin des hommes et de leur douillet confort…

Et puis, ils m'ont contacté, ceux de la Grande Chasse. J'avais bien entendu des rumeurs à ce sujet, mais je croyais que c'était un mythe. J'ai accepté. La première chasse a laquelle je participai, sans avoir la moindre idée de ce à quoi je devais m'attendre, eut lieu dans le Yukon. Je connais bien cette région. J'y avais traqué l'ours noir… À côté de la bête que nous courûmes ce jour-là, l'ours noir, croyez-moi, passe pour une gentille peluche. Nous étions sept en partant, quatre seulement revinrent… Mais quelle partie de chasse, quelle proie magnifique. Cette bête-là aurait tué un tigre d'une seule main. Vous entendez ? Je dis « main » au lieu de « patte »… Si j'y ai pris goût ? Oh, madame, que oui. Je réponds à chaque appel. J'en veux toujours plus. Je regrette seulement que les règles imposées par la Grande Chasse ne me permettent pas de ramener des trophées.

Réseau Isis

Le Réseau Isis, fondé à Hong Kong à la fin du siècle dernier, et disposant d'un site dédié, aux codes d'accès secrets, fédère « chercheurs et chasseurs spécialisés en lycanthropie ». Au dernier recensement, il rassemblerait, selon l'ISPM, qui est brièvement parvenu à l'infiltrer, pas moins de deux cents membres, disposant sur le sujet d'informations particulièrement fournies, et travaille en collaboration avec les services secrets de nombreuses grandes puissances. Les visées du Réseau sont peu claires. Il semble que la plupart de ses membres entretiennent des rapports particuliers, basés sur un historique de rencontre, avec la population lycanthropique.

Le site héberge un forum d'informations et d'entraide au sein duquel les chasseurs partagent leurs expériences.

Extrait forum

Bonjour. Mon nom est ~~Sebastien Alonzo~~. Je suis nouveau sur le forum. Je vous écris par rapport à l'Opération Marztov à laquelle j'ai l'honneur d'être convié, et au sujet de laquelle j'ai quelques questions.

Salut. Je suis Sean8, le modérateur. J'ai pris la liberté de barrer ton nom. Merci de choisir un pseudo passe-partout et de lire les règles avant de poster. Quelles sont tes questions ?

Ah, désolé. J'ai changé mon nom en Nico46. J'ai été adoubé il y a trois semaines et c'est ma première participation.

L'opération doit avoir lieu demain. Un équipement m'a été remis. Je gamberge, évidemment. J'aurais souhaité discuter un peu avec des gens qui sont déjà passés par là.

Bienvenue Nico46. Essaie de formuler tes questions de façon plus spécifique sans oublier de te conformer au lexique.

Bien compris. Mon chef de groupe est Silver3, pour une opération en zone rurale. Les <Individus> visés sont six, et nous sommes quatre. Je voulais savoir si c'était normal.

Réfère-toi aux instructions. Silver3 est un chef expérimenté, il a plus de cinquante missions à son actif, tu peux lui faire confiance quant au nombre. Quatre Assaillants, c'est largement suffisant pour ce type de mission il me semble. Quel est le niveau de défense de la base ?

Niveau 4. C'est beaucoup ?

C'est standard. Ça veut dire que les <Individus> s'attendent à quelque chose mais rien de spécifique. Ils seront préparés mais pas prêts. No stress.

Merci. J'ai hâte. Un peu de mon histoire, si vous permettez : ~~mon frère est mort il y a quatre ans suite à un trek en Sibérie, son corps a été retrouvé avec des marques de lacération~~. [Contenu supprimé par le modérateur] Maintenant j'ai la haine et je suis pressé de voir ce que ces enculés ont dans le ventre.

J'ai procédé à quelques amendements. Nous avons compris ta situation. Merci de respecter l'étiquette et de relire les règles au besoin.

Parfois, quand même, je me demande si ce que nous faisons est juste. L'enquête sur mon frère piétine depuis des années. J'ai tellement de mal à croire en notre cause, parfois.

Normal.

Quel mal font-ils ?

De qui parles-tu ? <Individus> ?

Oui.

Pas la question. Désolé, pas de fil philosophie sur le forum. Nous savons qu'ils ne sont pas humains et ça nous suffit.

Eh bien moi, j'ai du mal. Je veux dire, ce soir en particulier. Un trac monstre. Je n'ai jamais tué personne, pas même un animal.

C'est ton problème. Je le répète, pas de fil philosophie ici alors merci de garder tes atermoiements pour toi. Il existe des confesseurs et des psychiatres.

Vous pourriez parler gentiment aux gens.

On pourrait. Et le monde pourrait être sûr, et tout le monde pourrait s'aimer, et les loups pourraient marcher toujours sur quatre pattes. Bienvenue dans le monde réel. Ceci est un forum à visée pratique. Nous discutons objectifs, méthodes et résultats. Si c'est trop dur pour toi, si tu te poses des questions, merci d'en référer à Silver3 directement. Lui seul pourra t'aider.

Mais moi, je voulais savoir comment vous, vous vous en sortiez.

On s'en sort bien.

Merci. On m'a dit que la maison était surveillée par des agents du gouvernement.

Bullshit habituel. Tiens-toi aux instructions délivrées par tes supérieurs. Les <Individus> sont les rois de l'intox. À les entendre, tout le monde est au courant de leur existence.

Ce n'est pas le cas, n'est-ce pas ? Désolé, tout ça est si difficile à croire, et je flippe pour demain, on raconte tellement de choses. Merci de me rassurer.

Nous ne sommes pas là pour te tenir la main. Chaque mission est potentiellement dangereuse, potentiellement mortelle, mais la meilleure façon de s'en acquitter est de suivre scrupuleusement les règles, internes comme externes.

Et légalement, comment ça se passe ?

Cette question a déjà été débattue dans la section Individus et lois. Merci de consulter les rubriques qui t'intéressent et de ne pas polluer le forum avec tes craintes infondées. Tu deviens lourd.

Mais on dit que certains entretiennent des liens avec la mafia. Et j'ai entendu parler d'Individus hauts de 2,50 mètres. Est-ce que c'est vrai ?

Mauvaise question, mauvais endroit. Voir « Topic anatomie ». Qui t'a donné ton mot de passe ?

Liens avec la mafia ? Liens avec la mafia ?

Pour la dernière fois, Nico46, essaie de te conformer aux règles, sans quoi nous serons forcés de te sanctionner. Les règles ont été édictées pour protéger l'anonymat et la sécurité des membres du forum. Tout manquement aux règles est puni d'un bannissement provisoire de quatre semaines, suivi d'un bannissement définitif. Inutile de t'inscrire sous un autre nom. Considère ceci comme ton dernier avertissement. Je répète ma question : qui t'a donné ton mot de passe ?

Ta mère, connard.

<Cet utilisateur a été déconnecté. Le profil de cet utilisateur n'est plus valide.>

Teratos

Il a déjà été question de Teratos dans nos *Carnets* consacrés aux vampires. Teratos est le nom donné à une cellule secrète de la CIA créée dans les années 1950, à l'initiative d'Allen Dules et d'un individu dont l'identité n'est précisée par aucune de nos sources. L'organisation aurait été démantelée en 1981, mais il semble que certains de ses membres soient encore actifs.

Teratos était chargé d'étudier les créatures métanaturelles et d'envisager des applications militaires ou dans le domaine du renseignement, mais surtout de mener des opérations de nettoyage et de contre-information.

Au cours des années 1960, deux affaires impliquèrent Teratos et des lycanthropes.

En 1962, des campeurs et des forestiers furent victimes d'agressions sauvages dans les forêts de Colombie britannique. On déplora sept décès. Des agents de Teratos, dépêchés sur le terrain, découvrirent une famille de cinq personnes, toutes atteintes de lycanthropie, vivant dans une maison forestière isolée. Ils firent l'objet d'une surveillance attentive durant plusieurs semaines avant que ne tombât l'ordre d'éradication. Nous ignorons les détails, mais il semblerait que l'opération ait tourné au désastre. Plusieurs agents trouvèrent la mort et au moins deux lycanthropes parvinrent à prendre la fuite. Teratos laissa peut-être à la Grande Chasse le soin de traquer les fugitifs.

Au début de l'année 1967, une communauté hippie se constitua autour d'un certain Nashoba, connu aussi sous le surnom de « Cosmic Wolf ». Nashoba (qui n'était pas d'origine indienne ainsi qu'il le prétendait) ne prônait pas seulement le retour à la nature et l'abandon des valeurs matérielles : il prêchait également un retour à la sauvagerie, à l'extase de la prédation. Nashoba était, à n'en pas douter, un lycanthrope et son influence sur sa petite communauté installée en Arizona fut telle que le mal se propagea chez d'autres membres (les mécanismes de cette contagion mériteraient d'être sérieusement étudiés), donnant naissance à une meute d'une quinzaine d'individus. Ces lycanthropes s'attaquaient exclusivement au bétail, symbole aux yeux de Nashoba de l'ignoble décadence imposée par l'homme à la bête. Avant qu'on n'eût à déplorer des victimes humaines, Teratos se chargea de mettre un terme aux exactions du gourou et de sa communauté. On imagine par quels moyens. Officiellement, l'expérience communautaire de Nashoba s'acheva par un suicide collectif.

Témoignage anonyme recueilli par Kerstin Waetzel, date inconnue

(sans doute printemps 1993 si l'on se fie à la mention qui est faite du massacre de Waco)

Qu'est-ce que vous voulez m'entendre dire, madame ? Que moi et cinq autres gars, on a injecté du cyanure à des chevelus qui roupillaient dans des tipis ? C'est peut-être bien ce qu'on a fait. C'était une époque bizarre, vous savez, l'Amérique, la vraie, foutait le camp de toute part. L'anarchie, madame, ne touchait pas que la société. Avec toutes ces drogues, ces trucs psychédéliques, toute cette sexualité débridée, les… créatures pullulaient. On a nettoyé la merde comme on pouvait. Croyez-moi, l'opération Cosmic Wolf, ça n'a pas été la pire, loin de là… Vous savez, en théorie, je serais supposé vous tuer pour vous avoir révélé tout ça. Le lavage de cerveau, Mk-Ultra, ça n'a jamais vraiment marché. Ça transformait plutôt les gens en légumes. Rien ne vaut une balle dans la nuque… Vous voulez que je vous parle du massacre de Waco ? Vous avez vu les infos, j'imagine. Payez-moi un autre verre. Au point où on en est.

Purity

Le groupuscule américain Purity, d'obédience extrémiste, a officiellement été dissous en 2002 par les autorités fédérales, mais l'ISPM soupçonne l'existence de factions résiduelles. Dirigé par d'anciens vétérans de la guerre de Corée ayant entretenu des contacts directs avec certains lycanthropes employés par l'armée, Purity considère ces créatures comme une anomalie, voire une insulte aux desseins du Créateur, et les traque avec acharnement. Ses membres disposent d'une base de données extrêmement détaillée, fournissant des informations sur la localisation présumée de certains de ces « monstres ». Les méthodes du groupuscule évoquent les expéditions punitives du Ku Klux Klan à l'égard des populations de couleur, et son armement, apparemment financé par des organisations d'extrême droite, n'a rien à envier à celui de certaines armées privées.

CHAPITRE DU KANSAS

À l'attention du Grand Ordonnateur

Objet : Debriefing Opération Géhenne / Code Blue3

Cher Maître,

Il vous plaira de savoir qu'à quelques détails près, l'opération de jeudi s'est déroulée conformément au plan établi. Le périmètre d'action, circonscrit à H-1, a permis une intervention rapide. Le concours du shérif Garner, obtenu selon les modalités habituelles, nous a prémunis contre toute intercession inopportune.

Les quatre cibles ont été annihilées et les corps enlevés, en accord avec les dispositions prévues à l'article 4 du Bréviaire, section Sécurité. Les pertes de notre côté s'élèvent hélas à deux hommes. Comme vous devez le savoir, le lieutenant Lattay fait malheureusement partie des victimes. Nous prions pour le salut de son âme.

Gloire à la Race Pure !

Agent L. Kurzeil

Projet Weinberg

Le Projet Weinberg, du nom d'un anthropologue autrichien ayant brièvement appartenu à l'ISPM dans les années 1960, considère pour sa part les lycanthropes sous un angle purement scientifique. Situé non loin d'Innsbruck, son quartier général abriterait des bases d'études où une demi-douzaine de créatures, au moins, seraient détenues prisonnières, et soumises à des batteries de tests et d'expériences plus ou moins cruelles et utiles.

Relations avec les vampires

Le cinéma et les jeux nous ont habitués à l'idée selon laquelle loups-garous et vampires seraient antagonistes et se livreraient une guerre sans merci depuis des siècles. Le tableau est évidemment séduisant : deux grandes figures des ténèbres, puissantes et sanguinaires, bataillant dans l'ombre pour obtenir sur l'autre une sorte de suprématie raciale. Tout ceci est pourtant faux. Il n'existe à notre connaissance aucune guerre secrète entre vampires et loups-garous. Le concept de race est très présent chez les vampires. Leur exceptionnelle longévité leur inspire ce sentiment de supériorité biologique. Les lycanthropes ne partagent aucunement cette vision. Ils ne se définissent pas en tant qu'espèce.

Il est, d'autre part, très rare que lycanthropes et vampires se croisent. Les loups-garous fuient les zones densément peuplées, leur atavisme les pousse à fréquenter des espaces sauvages. Les vampires sont des créatures urbaines.

Les vampires ont pourtant besoin d'objets de mépris. L'être humain est bien entendu le premier d'entre eux : « bétail », « nourriture », « race inférieure », sont des expressions que l'on retrouve souvent dans la bouche d'un hématophage. Ils ont fait du loup-garou un symbole encore plus infamant. Cette créature sauvage, qui ignore les plaisirs raffinés qu'offrent les villes, qui n'est guidée que par l'instinct de la bête, et qui surtout ne possède pas le don d'immortalité (nous avons vu dans nos *Carnets* consacrés aux vampires que cette immortalité tient largement du fantasme), est à leurs yeux le plus bas degré de l'évolution, une chose qui n'est même pas digne de servir de pitance.

Les lycanthropes nuisent surtout à l'image que les vampires cultivent d'eux-mêmes. Ils leur rappellent que la fureur, la sauvagerie les habitent également. D'ailleurs, les traditions populaires confondent parfois vampires et loups-garous. On prête ainsi aux vampires le pouvoir de se transformer en loup. En Serbie, le terme *vulkodlak* sert aussi bien à qualifier les uns que les autres. Certains spécialistes des créatures méta-naturelles émettent l'idée qu'hématophages et lycanthropes auraient une origine commune. Un vampire tué, mais dont le corps n'aurait pas été convenablement traité par le feu ou démembré, pourrait revenir se manifester sous forme de *phantasticum* animal. Une hypothèse effrayante.

La chasse aux lycanthropes est, en tout cas, devenue pour quelques vampires de la famille des Nosferatu un sport aristocratique. Des rumeurs parlent de véritables chasses à courre nocturnes organisées dans les grandes forêts d'Europe. Il est plus que probable que des vampires participent à la Grande Chasse. À l'inverse, des lycanthropes seraient membres des confréries d'exterminateurs de vampires.

Il n'est donc pas impossible que l'on voie un jour éclater un véritable conflit à l'échelle mondiale entre les deux groupes. L'humanité aurait tout à craindre des dommages collatéraux d'une telle guerre.

2 – LES ALLIÉS

Depuis que l'existence des lycanthropes est reconnue, auprès des services secrets de plusieurs puissances occidentales, comme une réalité scientifique, l'attitude des puissances en question n'a cessé d'osciller entre deux pôles : inimitié radicale ou affection intéressée. Aucune persécution de masse n'a cependant été décrétée à leur endroit par quelque gouvernement que ce soit. Mieux : les facultés exceptionnelles de ces créatures – sens hypertrophiés, force brute ou capacités de projection – leur ont souvent valu, au cours du siècle écoulé, d'être contactés par les services secrets de plusieurs pays pour participer, moyennant contrepartie, à l'effort de guerre.

Des documents récemment déclassifiés font état de la participation de plusieurs bataillons de lycanthropes à la Première Guerre mondiale, à la Seconde Guerre mondiale, à la guerre de Corée, à celle du Vietnam, et à plusieurs autres opérations, en Afrique ou au Moyen-Orient.

On sait que les gouvernements français et anglais, notamment, firent appel à des lycanthropes dans des troupes d'élite ou des unités de renseignement durant la bataille de la Somme. On sait également que certaines de ces créatures servirent dans le corps des *marines* pendant la guerre du Pacifique, en 1943 notamment. Plusieurs récits de guerre de la seconde moitié du XXe siècle, rédigés par d'anciens militaires puis censurés par leurs supérieurs, témoignent d'un recours régulier à de telles créatures, recrutées en prison ou dans des établissements spécialisés.

Lettre anonyme adressée à l'ISPM

C'est une histoire que beaucoup de gens connaissent. L'individu dont nous parlons naquit à Coblence et se trouva enrôlé dans les Jeunesses hitlériennes lors de son adolescence. Lorsque la guerre fut déclarée, il avait dix-sept ans.

Lui et quelques autres se portèrent volontaires pour être envoyés à Stalingrad, alors que leur compagnie n'y était pas spécifiquement affectée. Ces jeunes gens se firent bientôt connaître sous le nom de *Erschreckend* – les Terrifiants. Ils ne se mélangeaient pas avec les autres, et bénéficiaient d'un traitement de faveur. On raconte que Hitler lui-même, versé dans les sciences occultes, les avait rencontrés.

Notre homme – appelons-le Hans – était spécialisé dans la destruction des chars ennemis. Lui et les siens attaquaient les derniers chars de chaque colonne russe, entraient à l'intérieur, décimaient l'ennemi, puis repartaient, à une vitesse décrite comme surnaturelle. Un témoin de l'époque leur demande combien de chars ils avaient détruits. Sa réponse : « nous étions très rapides. » Certains des camarades – congénères ? – de Hans combattirent avec succès dans la Forêt-Noire, où ils avaient délimité des périmètres sécurisés. Même aux pires heures de la débâcle allemande, aucun allié n'aurait voulu s'aventurer dans ces zones-là.

Les dossiers qui concernaient ces batailles et ces combattants ont disparu lors de la chute d'Hitler, comme quantité de documents de même nature. Mais on pense que Hans et les siens ont survécu, et sont passés de l'autre côté. Des colonels américains ne font pas mystère de la présence dans leurs rangs, au cours, notamment, de la guerre de Corée, de combattants aux facultés exceptionnelles – non pas des tireurs d'élite, mais des guerriers à l'endurance inégalable, envoyés dans des zones réputées inaccessibles, sélectionnés pour des missions commando réputées suicidaires. On raconte la même chose au Vietnam, avec des soldats navajo, et même pendant la guerre d'Irak, où un groupe de quatre soldats laissés pour morts dans le désert aurait parcouru plus de cinquante miles en une nuit sans le moindre véhicule.

Je ne sais pas ce qu'est devenu Hans. Sa trace se perd au Canada. J'aime imaginer qu'il a trouvé là-bas le repos.

U.S.ARMY

CONFIDENTIAL

To : Sgt Richard Hanson / Werewolves special tasks and assignments
United States Special Operations Command

Personnel Selection Criteria * Werewolf Tracking/Countertracking * Werewolf Sniper and Observer Responsibilities * Team Firing Techniques * Werewolf M24 Sniper Weapon System * Werewolf Ammunition * Werewolf Sniper Sighting Devices * Other Equipment * Werewolf Marksmanship and Ballistics * Effects of Weather * Engagement of Moving Werewolf Targets * Camouflage * Movement * Werewolf Sniper Positions * Werewolf Observation * Target Detection and Selection * Range Estimation * Information Records * Mission Preparation (including Moon Cycle Calendar) * Operations: Insertion, Execution, Extraction, and Recovery * Werewolf Sniper Sustainment Training

CODA

Peuple secret, peuple mystérieux, au point qu'on s'interrogea souvent sur son existence réelle, les lycanthropes et leurs cousins forment une entité disparate et ne nourrissent, contrairement aux vampires, aucun dessein d'envergure pour le monde. Survivre et jouir de la Terre : tel semble être leur credo, et malheur à celui qui tentera d'en savoir plus ou de leur faire obstacle.

L'ISPM a travaillé avec ardeur sur le sujet, des documents en témoignent. Cependant, il semble parfois avoir reculé devant l'ampleur de la tâche et sa dangerosité. Une fois encore, il nous a fallu vaincre bien des résistances pour percer les secrets de la nuit. Mais nous voulons croire que nous avons été récompensés de notre tâche. Nous voulons croire, surtout, qu'un avenir existe, où les hommes-loups ne seront plus seulement sujets de haine et de crainte, mais alliés potentiels, ou monstres en simple liberté.

Le mur d'incompréhension qui sépare les lycanthropes des humains est le mur de la nature et de l'ultime sauvagerie. Aussi longtemps que l'homme refusera sa part animale, aussi longtemps qu'il réfutera les ténèbres en lui, il se trouvera en guerre, et c'est une guerre dont personne ne sortira gagnant.

Les loups-garous, avons-nous appris, sont l'ultime différence : le feu sous la cendre, l'orage dans un ciel clair. Ils sont aussi ceux qui nous ressemblent le plus. Chacun, après tout, possède en lui des trésors de rage et d'inconscience. Et il nous reste tant à apprendre.

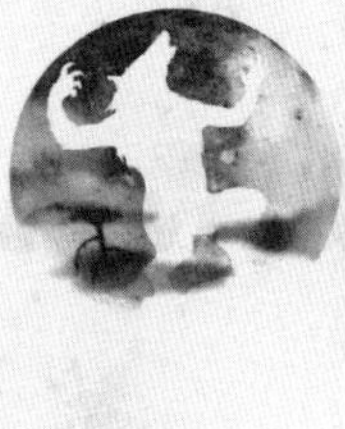

COLLECTION

LES CARNETS DE L'ÉTRANGE

de Fabrice Colin et Jérôme Noirez

Également disponibles

Enquête sur les vampires
Enquête sur les anges

ENQUÊTE SUR LES

Loups garous

de Fabrice Colin et Jérôme Noirez

Direction artistique : François Plassat / Nuit de Chine

Une marque de La Martinière Groupe
www.lamartinieregroupe.com
Imprimé en Chine en août 2011
Dépot légal : octobre 2011